bibliocollège

George Dandin ou le mari confondu

Molière

Notes, questionnaires et dossier Bibliocollège
par **Bertrand LOUËT**,
certifié de Lettres
professeur au collège George

Crédits photographiques

pp. 4,5 (détail) : dessin de Charles Coypel gravé par Joullain, 1727 © Photothèque Hachette Livre. **pp. 7, 10, 11 (maison de Molière à Auteuil), 41, 67, 85, 100, 105, 109, 127 :** © Photothèque Hachette Livre. **pp. 40, 92 :** Lipnitzki/Viollet. **pp. 17, 47 :** © Agence Enguérand/Bernand. **p. 36 :** © R. Sénéra/Agence Enguérand/Bernand.

Conception graphique

Couverture : *Laurent Carré*

Intérieur : *ELSE*

Mise en page

Médiamax

Illustration des questionnaires

Harvey Stevenson

ISBN : 978-2-0116-8686-5

Sommaire

Molière, d'après un tableau de Pierre Mignard (1612-1695).

Introduction

La piquante Angélique organise sans cesse des rendez-vous galants avec Clitandre, un jeune et séduisant seigneur du voisinage. George Dandin, son mari, qui ne l'entend pas de cette oreille, essaie de les surprendre et de faire éclater la perfidie de son épouse au grand jour. Il convoque ses beaux-parents, les Sotenville, pour les rendre témoins de la mauvaise conduite de leur fille. Mais Angélique, rusée, retourne la situation et c'est le mari qui est « confondu ». À première vue, *George Dandin* semble se résumer à cette intrigue de vaudeville, à une de ces comédies où le mari, jaloux et cocu, est tourné en ridicule et où l'on rit sans arrière-pensée des quiproquos et des renversements de situation qui se succèdent sans répit pendant trois actes.

D'ailleurs, cette pièce est d'abord une comédie-ballet, écrite pour servir d'attraction principale lors du *Grand Divertissement royal de Versailles,* fête somptueuse donnée en 1668 par Louis XIV à sa cour pour célébrer une victoire. Le thème n'a lui non plus rien de choquant pour la cour : Molière se garde bien de s'en prendre à la noblesse parisienne et à ses fastes : il tourne en ridicule, sous la figure des Sotenville, les nobliaux de province et, sous celle de George Dandin, les paysans enrichis, figures détestées de la noblesse de cour.

Mais le public parisien ne s'y trompe pas : le débat s'engage rapidement sur ce mari trompé dont on se moque et sur cette épouse délurée à qui l'on donne toujours raison au mépris de la morale commune, qui veut qu'une épouse soit fidèle et « sage ». Bien sûr, *George Dandin* témoigne de la complexité des relations de la noblesse et de la bourgeoisie à l'époque de Molière. On reconnaît aussi en George Dandin une de ces figures moliéresques de forcené, de maniaque inquiétant poursuivi par une idée fixe et à travers qui la comédie prend des accents de drame et touche à une sorte de tragique. Il est évident que ce mariage est un marché dans lequel l'amour n'a pas de part, puisque George Dandin, en épousant Angélique de Sotenville, a échangé un titre contre sa fortune ; pourtant le marié s'acharne à revendiquer l'amour et la fidélité de sa femme. C'est sans doute pour ces raisons qu'aujourd'hui on continue à s'intéresser à cette pièce, longtemps considérée, à tort, comme une œuvre secondaire du grand dramaturge.

PERSONNAGES

GEORGE DANDIN, riche paysan, mari d'Angélique.

ANGÉLIQUE, femme de George Dandin
et fille de Monsieur de Sotenville.

MONSIEUR DE SOTENVILLE, gentilhomme campagnard,
père d'Angélique.

MADAME DE SOTENVILLE, sa femme.

CLITANDRE, amoureux d'Angélique.

CLAUDINE, suivante d'Angélique.

LUBIN, paysan, servant Clitandre.

COLIN, valet de George Dandin.

La scène est devant la maison de George Dandin.

Extrémité de poignée de lampe représentant un masque tragique.

Au fil du texte

Questions sur la liste des personnages (page 7)

Avez-vous bien lu ?

1. Qui est la femme de George Dandin ? de qui est-elle la fille ?

2. Qui est Clitandre ?

3. Quels rôles jouent Claudine, Lubin et Colin ?

4. Où a lieu la scène ?

didascalie : **indication de mise en scène, généralement composée en italique.**

ironie : **figure de style qui consiste à dire le contraire de ce qu'on veut laisser entendre.**

Étudier le vocabulaire et la grammaire

5. La définition du rôle de chaque personnage est faite à l'aide d'un complément du nom. Identifiez-en deux et analysez-les (identifiez le nom complété, le complément et la préposition qui l'introduit).

6. Récrivez la didascalie* caractérisant Madame de Sotenville en utilisant un complément du nom.

7. Étudiez le mot *« gentilhomme »*.

a) Comment est-il formé ? Connaissez-vous d'autres mots formés de la même manière ?

b) Que désigne-t-il ?

c) En quoi la formule *« gentilhomme campagnard »* est-elle ironique* ? Trouvez une formule de ce type dans les titres des autres pièces de Molière que vous pouvez consulter en bibliographie, p. 128.

Étudier l'écriture : les noms propres

8. En quoi le nom de Dandin et celui de Sotenville sont-ils comiques par eux-mêmes ?

9. Montrez que le prénom de l'épouse de Dandin est ironique.

10. Faites une recherche sur d'autres pièces de Molière. Retrouvez-vous certains noms de personnages ? Jouent-ils un rôle similaire à celui qu'ils jouent dans *George Dandin* ?

ÉTUDIER LE GENRE : COMÉDIE ET TRAGÉDIE

11. Voici la liste des personnages d'*Andromaque*, pièce de Jean Racine :

ANDROMAQUE, veuve d'Hector, captive de Pyrrhus.
PYRRHUS, fils d'Achille, roi d'Épire.
ORESTE, fils d'Agamemnon.
HERMIONE, fille d'Hélène, accordée avec Pyrrhus.
PYLADE, ami d'Oreste.
CLÉONE, confidente d'Hermione.
CÉPHISE, confidente d'Andromaque.
PHŒNIX, gouverneur d'Achille et ensuite de Pyrrhus.
SUITE D'ORESTE.

La scène est à Buthrot, ville d'Épire, dans une salle du palais de Pyrrhus.

Comparez les fonctions sociales de George Dandin et de Pyrrhus.

12. Quelle est la fonction des personnages secondaires dans chacune des deux pièces ?

13. Où a lieu chacune des deux pièces ?

14. À l'aide des explications sur le genre, dossier Bibliocollège p. 110, et de vos réponses aux questions 11 à 13, dites pourquoi *George Dandin* est une comédie et *Andromaque* une tragédie.

LIRE L'IMAGE

15. En quoi l'attitude et l'expression des personnages de l'image ci-dessous sont-elles typiques de la comédie ?

16. En vous basant sur les indications concernant la *Commedia dell'arte*, p. 112, dites quels sont les types de la comédie italienne représentés ici.

Personnages de la comédie italienne, estampe d'après Watteau.

À VOS PLUMES !

17. Écrivez la liste des personnages d'une comédie dans laquelle un jeune homme, aidé par son valet, cherche à obtenir la main d'une jeune femme que son père veut marier à un homme âgé et riche. La jeune femme est accompagnée par une servante astucieuse.
Vous pouvez imaginer d'autres personnages (l'épouse du père, le valet du vieil homme...) et reprendre les noms de personnages que vous aurez trouvés en répondant à la question 10.

Acte I

Scène 1

GEORGE DANDIN

GEORGE DANDIN – Ah ! Qu'une femme demoiselle est une étrange affaire, et que mon mariage est une leçon bien parlante à tous les paysans qui veulent s'élever au-dessus de leur condition, et s'allier, comme j'ai fait, à la maison d'un gentilhomme ! La noblesse de soi[1] est bonne, c'est une chose considérable assurément ; mais elle est accompagnée de tant de mauvaises circonstances, qu'il est très bon de ne s'y point frotter. Je suis devenu là-dessus savant à mes dépens, et connais le style des nobles lorsqu'ils nous font, nous autres, entrer dans leur famille. L'alliance qu'ils font est petite avec nos personnes : c'est notre bien seul qu'ils épousent, et j'aurais bien mieux fait, tout riche que je suis, de

note

1. *de soi* : par elle-même.

m'allier en bonne et franche paysannerie, que de prendre une femme qui se tient au-dessus de moi, s'offense de porter mon nom, et pense qu'avec tout mon bien je n'ai pas assez acheté la qualité de son mari. George Dandin, George Dandin, vous avez fait une sottise la plus grande du monde. Ma maison m'est effroyable maintenant, et je n'y rentre point sans y trouver quelque chagrin.

Scène 2

GEORGE DANDIN, LUBIN

GEORGE DANDIN, *voyant sortir Lubin de chez lui* – Que diantre[1] ce drôle-là vient-il faire chez moi ?

LUBIN – Voilà un homme qui me regarde.

GEORGE DANDIN – Il ne me connaît pas.

LUBIN – Il se doute de quelque chose.

GEORGE DANDIN – Ouais ! il a grand'peine à saluer.

LUBIN – J'ai peur qu'il n'aille dire qu'il m'a vu sortir de là-dedans.

GEORGE DANDIN – Bonjour.

LUBIN – Serviteur.

GEORGE DANDIN – Vous n'êtes pas d'ici, que je crois ?

LUBIN – Non, je n'y suis venu que pour voir la fête de demain.

note

1. que diantre : que diable, juron qui marque l'étonnement.

George Dandin – Hé ! dites-moi un peu, s'il vous plaît, vous venez de là-dedans ?

Lubin – Chut !

George Dandin – Comment ?

Lubin – Paix !

George Dandin – Quoi donc ?

Lubin – Motus ! Il ne faut pas dire que vous m'ayez vu sortir de là.

George Dandin – Pourquoi ?

Lubin – Mon Dieu ! parce[1].

George Dandin – Mais encore ?

Lubin – Doucement. J'ai peur qu'on ne nous écoute.

George Dandin – Point, point.

Lubin – C'est que je viens de parler à la maîtresse du logis, de la part d'un certain Monsieur qui lui fait les doux yeux, et il ne faut pas qu'on sache cela. Entendez-vous ?

George Dandin – Oui.

Lubin – Voilà la raison. On m'a enchargé[2] de prendre garde que personne ne me vît, et je vous prie au moins de ne pas dire que vous m'ayez vu.

George Dandin – Je n'ai garde.

Lubin – Je suis bien aise de faire les choses secrètement comme on m'a recommandé.

notes

1. parce : parce que.

2. enchargé : chargé de ; le mot n'est plus en usage aujourd'hui.

GEORGE DANDIN – C'est bien fait.

LUBIN – Le mari, à ce qu'ils disent, est un jaloux qui ne veut pas qu'on fasse l'amour[1] à sa femme, et il ferait le diable à quatre[2] si cela venait à ses oreilles : vous comprenez bien ?

GEORGE DANDIN – Fort bien.

LUBIN – Il ne faut pas qu'il sache rien de tout ceci.

GEORGE DANDIN – Sans doute.

LUBIN – On le veut tromper tout doucement[3] : vous entendez bien ?

GEORGE DANDIN – Le mieux du monde.

LUBIN – Si vous alliez dire que vous m'avez vu sortir de chez lui, vous gâteriez toute l'affaire : vous comprenez bien ?

GEORGE DANDIN – Assurément. Hé ! comment nommez-vous celui qui vous a envoyé là-dedans ?

LUBIN – C'est le seigneur de notre pays, Monsieur le vicomte de chose… Foin ! je ne me souviens jamais comment diantre ils baragouinent ce nom-là. Monsieur Cli… Clitandre.

GEORGE DANDIN – Est-ce ce jeune courtisan qui demeure…

LUBIN – Oui : auprès de ces arbres.

GEORGE DANDIN, *à part* – C'est pour cela que depuis peu ce damoiseau[4] poli s'est venu loger contre moi ; j'avais bon nez sans doute, et son voisinage déjà m'avait donné quelque soupçon.

notes

1. fasse l'amour : fasse la cour.

2. ferait le diable à quatre : ferait grand bruit, se mettrait dans une grande colère.

3. tout doucement : discrètement, en silence.

4. damoiseau : jeune homme.

LUBIN – Testigué[1] ! c'est le plus honnête homme que vous ayez jamais vu. Il m'a donné trois pièces d'or pour aller dire seulement à la femme qu'il est amoureux d'elle, et qu'il souhaite fort l'honneur de pouvoir lui parler. Voyez s'il y a là une grande fatigue pour me payer si bien, et ce qu'est au prix de cela une journée de travail où je ne gagne que dix sols.

GEORGE DANDIN – Hé bien ! avez-vous fait votre message ?

LUBIN – Oui, j'ai trouvé là-dedans une certaine Claudine, qui tout du premier coup a compris ce que je voulais, et qui m'a fait parler à sa maîtresse.

GEORGE DANDIN, *à part* – Ah ! coquine de servante !

LUBIN – Morguéne[2] ! cette Claudine-là est tout à fait jolie, elle a gagné mon amitié, et il ne tiendra qu'à elle que nous ne soyons mariés ensemble.

GEORGE DANDIN – Mais quelle réponse a fait la maîtresse à ce Monsieur le courtisan ?

LUBIN – Elle m'a dit de lui dire… attendez, je ne sais si je me souviendrai bien de tout cela… Qu'elle lui est tout à fait obligée de l'affection qu'il a pour elle, et qu'à cause de son mari, qui est fantasque[3], il garde d'en rien faire paraître, et qu'il faudra songer à chercher quelque invention[4] pour se pouvoir entretenir tous deux.

GEORGE DANDIN, *à part* – Ah ! pendarde de femme !

notes

1. testigué : morbleu (mort de Dieu), juron burlesque de paysan.

2. morguéne : juron paysan correspondant à morbleu (mort de Dieu).

3. fantasque : capricieux, lunatique.

4. invention : ruse, stratagème.

LUBIN – Testiguiéne[1] ! cela sera drôle ; car le mari ne se doutera point de la manigance, voilà ce qui est de bon ; et il aura un pied de nez avec sa jalousie : est-ce pas ?

GEORGE DANDIN – Cela est vrai.

LUBIN – Adieu. Bouche cousue au moins. Gardez bien le secret, afin que le mari ne le sache pas.

GEORGE DANDIN – Oui, oui.

LUBIN – Pour moi, je vais faire semblant de rien : je suis un fin matois[2], et l'on ne dirait pas que j'y touche.

Scène 3

GEORGE DANDIN

GEORGE DANDIN – Hé bien ! George Dandin, vous voyez de quel air votre femme vous traite. Voilà ce que c'est d'avoir voulu épouser une demoiselle : l'on vous accommode de toutes pièces, sans que vous puissiez vous venger, et la gentilhommerie vous tient les bras liés. L'égalité de condition laisse du moins à l'honneur d'un mari liberté de ressentiment ; et si c'était une paysanne, vous auriez maintenant toutes vos coudées franches à vous en faire la justice à bons coups de bâton. Mais vous avez voulu tâter de la noblesse, et il vous ennuyait d'être maître chez vous. Ah ! j'enrage de tout mon cœur, et je me donnerais volontiers des soufflets[3]. Quoi ? écouter impudemment l'amour d'un

notes

1. testiguiéne : en vérité, expression burlesque et paysanne.

2. fin matois : homme rusé.

3. soufflets : gifles.

damoiseau, et y promettre en même temps de la correspondance ! Morbleu ! je ne veux point laisser passer une occasion de la sorte. Il me faut de ce pas aller faire mes plaintes au père et à la mère, et les rendre témoins, à telle fin que de raison[1], des sujets de chagrin et de ressentiment que leur fille me donne. Mais les voici l'un et l'autre fort à propos.

Claude Brasseur dans le rôle de George Dandin, film de Roger Planchon, 1987.

note

1. à telle fin que de raison : dans le but d'obtenir réparation.

Au fil du texte

Questions sur l'exposition, acte I, scènes 1, 2 et 3 (pages 11 à 17)

Avez-vous bien lu ?

1. De quoi parle George Dandin à la scène* 1 ?

2. D'après lui, de quoi s'offense sa femme ?

3. Qu'est-ce que les nobles épousent lorsqu'ils s'allient avec un paysan ?

4. Qui George Dandin voit-il sortir de chez lui à la scène 2 ?

5. Que projette la femme de George Dandin à la scène 2 ?

6. Qui George Dandin voit-il arriver à la fin de la scène 3 ? Que veut-il leur dire ?

scène : **unité dramatique ; on change de scène lorsqu'un personnage entre ou sort.**

monologue : **scène dans laquelle un personnage est seul sur scène et parle tout seul ; par convention, le monologue exprime les pensées d'un personnage.**

Étudier le vocabulaire et la grammaire

7. Qui est désigné par le mot *« demoiselle »* (lignes 1 et 115) ? Définissez ce terme et donnez le sens qu'il prend ici. Montrez en quoi il s'oppose à *« paysanne »*, ligne 119.

8. Sur quel radical le mot *« manigance »* (ligne 105) est-il formé ? Trouvez d'autres mots formés à partir du même radical. En vous aidant du dictionnaire, donnez le sens de ce mot.

9. Dans les deux monologues* (scènes 1 et 3), relevez les expressions et les phrases exclamatives et dites comment est marquée l'exclamation.

10. Parmi ces sentiments : *lassitude*, *colère*, *indignation*, *tristesse*, *réprobation*, indiquez celui que traduit chacune des expressions et des phrases exclamatives relevées à la question 9.

ÉTUDIER LE DISCOURS

11. À qui George Dandin semble-t-il s'adresser au cours des monologues des scènes 1 et 3 ? Répondez en citant des indices précis, notamment les pronoms et les terminaisons de verbes.

12. Que reproche George Dandin à son « interlocuteur » dans chacune des deux scènes ?

13. Relevez, dans les répliques de Lubin (scène 2), des termes et des tournures qui manifestent son appartenance à la classe paysanne.

ÉTUDIER UNE SITUATION COMIQUE : LE QUIPROQUO*

14. Dans la scène 2, à qui parle Lubin et à qui croit-il parler ?

15. Lubin doit garder un secret. Mais que fait-il ?

16. Des lignes 77 à 80, à qui George Dandin s'adresse-t-il en aparté*. À qui ses propos sont-ils en fait destinés ?

17. Quel sentiment expriment les apartés des lignes 91 et 103 ?

18. En quoi les apartés contribuent-ils au comique propre du quiproquo ?

19. En quoi la conclusion de la scène 2 (lignes 111-112) est-elle comique ?

20. Expliquez le comique de la scène 2.

quiproquo : **littéralement « ceci pour cela » ; comique de situation fondé sur l'erreur : un personnage croit parler à quelqu'un alors qu'il parle à quelqu'un d'autre, ou bien ses propos sont interprétés de travers.**

aparté : **réplique prononcée par un personnage de manière à ce qu'elle ne soit pas entendue par les autres personnages présents sur scène.**

ÉTUDIER UN THÈME : NOBLESSE ET PAYSANNERIE

21. Dans la scène 1, George Dandin oppose les nobles et les paysans. Que possède chacune de ces deux classes ?

22. En vous appuyant sur les pronoms, les déterminants et les temps verbaux des lignes 1 à 17, montrez que George Dandin confronte son mariage à une situation générale.

23. D'après la scène 3, qu'a perdu George Dandin en épousant une jeune fille noble ?

ÉTUDIER LA FONCTION DE L'EXPOSITION*

exposition **: premières scènes d'une pièce de théâtre dans lesquelles l'auteur expose aux spectateurs l'intrigue et les personnages de la pièce.**

24. Que nous apprend la scène 1 sur le mariage de George Dandin ?

25. Faites la liste des personnages cités dans les scènes 2 et 3 et comparez-la avec la liste des personnages, page 7. Que pouvez-vous en conclure ?

26. Deux intrigues amoureuses se mettent en place dans la scène 2. Lesquelles ?

27. Quel obstacle se dresse devant les amours adultérines de Clitandre et Angélique ?

À VOS PLUMES !

28. À votre tour, écrivez un monologue dans lequel vous vous plaindrez d'une situation : vous êtes en vacances dans un lieu qui vous déplaît, vous vous êtes fâché(e) avec un(e) ami(e)... Vous emploierez des tournures exclamatives et vous conclurez en vous adressant à vous-même des reproches.

Scène 4

MONSIEUR ET MADAME DE SOTENVILLE, GEORGE DANDIN

MONSIEUR DE SOTENVILLE – Qu'est-ce, mon gendre ? vous me paraissez tout troublé.

GEORGE DANDIN – Aussi en ai-je du sujet, et…

MADAME DE SOTENVILLE – Mon Dieu ! notre gendre, que vous avez peu de civilité de ne pas saluer les gens quand vous les approchez !

GEORGE DANDIN – Ma foi ! ma belle-mère, c'est que j'ai d'autres choses en tête, et…

MADAME DE SOTENVILLE – Encore ! Est-il possible, notre gendre, que vous sachiez si peu votre monde, et qu'il n'y ait pas moyen de vous instruire de la manière qu'il faut vivre parmi les personnes de qualité ?

GEORGE DANDIN – Comment ?

MADAME DE SOTENVILLE – Ne vous déferez-vous jamais avec moi de la familiarité de ce mot de « ma belle-mère », et ne sauriez-vous vous accoutumer à me dire « Madame » ?

GEORGE DANDIN – Parbleu[1] ! si vous m'appelez votre gendre, il me semble que je puis vous appeler ma belle-mère.

MADAME DE SOTENVILLE – Il y a fort à dire, et les choses ne sont pas égales. Apprenez, s'il vous plaît, que ce n'est pas à vous à vous servir de ce mot-là avec une personne de ma condition ; que tout notre gendre que vous soyez, il y a grande différence de vous à nous, et que vous devez vous connaître.

note

1. parbleu : bien sûr, bien entendu ; juron formé par atténuation de « par Dieu ».

MONSIEUR DE SOTENVILLE – C'en est assez, mamour, laissons cela.

MADAME DE SOTENVILLE – Mon Dieu ! Monsieur de Sotenville, vous avez des indulgences qui n'appartiennent qu'à vous, et vous ne savez pas vous faire rendre par les gens ce qui vous est dû.

MONSIEUR DE SOTENVILLE – Corbleu[1] ! pardonnez-moi, on ne peut point me faire de leçons là-dessus, et j'ai su montrer en ma vie, par vingt actions de vigueur, que je ne suis point homme à démordre jamais d'une partie de mes prétentions. Mais il suffit de lui avoir donné un petit avertissement. Sachons un peu, mon gendre, ce que vous avez dans l'esprit.

GEORGE DANDIN – Puisqu'il faut donc parler catégoriquement, je vous dirai, Monsieur de Sotenville, que j'ai lieu de…

MONSIEUR DE SOTENVILLE – Doucement, mon gendre. Apprenez qu'il n'est pas respectueux d'appeler les gens par leur nom, et qu'à ceux qui sont au-dessus de nous il faut dire « Monsieur » tout court.

GEORGE DANDIN – Hé bien ! Monsieur tout court, et non plus Monsieur de Sotenville, j'ai à vous dire que ma femme me donne…

MONSIEUR DE SOTENVILLE – Tout beau ! Apprenez aussi que vous ne devez pas dire « ma femme », quand vous parlez de notre fille.

note

1. corbleu : juron, euphémisme pour « corps de Dieu ».

GEORGE DANDIN – J'enrage. Comment ? ma femme n'est pas ma femme ?

MADAME DE SOTENVILLE – Oui, notre gendre, elle est votre femme ; mais il ne vous est pas permis de l'appeler ainsi, et c'est tout ce que vous pourriez faire, si vous aviez épousé une de vos pareilles[1].

GEORGE DANDIN – Ah ! George Dandin, où t'es-tu fourré ? Eh ! de grâce, mettez, pour un moment, votre gentilhommerie à côté, et souffrez que je vous parle maintenant comme je pourrai. Au diantre[2] soit la tyrannie de toutes ces histoires-là ! Je vous dis donc que je suis mal satisfait de mon mariage.

MONSIEUR DE SOTENVILLE – Et la raison, mon gendre ?

MADAME DE SOTENVILLE – Quoi ? parler ainsi d'une chose dont vous avez tiré de si grands avantages ?

GEORGE DANDIN – Et quels avantages, Madame, puisque Madame y a[3] ? L'aventure n'a pas été mauvaise pour vous, car sans moi vos affaires, avec votre permission, étaient fort délabrées, et mon argent a servi à reboucher d'assez bons trous ; mais moi, de quoi y ai-je profité, je vous prie, que d'un allongement de nom, et au lieu de George Dandin, d'avoir reçu par vous le titre de « Monsieur de la Dandinière » ?

MONSIEUR DE SOTENVILLE – Ne comptez-vous rien[4], mon gendre, l'avantage d'être allié à la maison[5] de Sotenville ?

notes

1. une de vos pareilles : une paysanne, une femme de votre condition.

2. au diantre : au diable, c'est-à-dire au loin.

3. y a : il y a ; lire : puisqu'il faut dire Madame.

4. ne comptez-vous rien : ne comptez-vous pour rien.

5. maison : famille noble.

MADAME DE SOTENVILLE – Et à celle de la Prudoterie, dont j'ai l'honneur d'être issue, maison où le ventre anoblit[1], et qui, par ce beau privilège, rendra vos enfants gentilshommes ?

GEORGE DANDIN – Oui, voilà qui est bien, mes enfants seront gentilshommes ; mais je serai cocu, moi, si l'on n'y met ordre.

MONSIEUR DE SOTENVILLE – Que veut dire cela, mon gendre ?

GEORGE DANDIN – Cela veut dire que votre fille ne vit pas comme il faut qu'une femme vive, et qu'elle fait des choses qui sont contre l'honneur.

MADAME DE SOTENVILLE – Tout beau ! prenez garde à ce que vous dites. Ma fille est d'une race trop pleine de vertu pour se porter jamais à faire aucune chose dont l'honnêteté soit blessée ; et de la maison de la Prudoterie il y a plus de trois cents ans qu'on n'a point remarqué qu'il y ait eu de femme, Dieu merci, qui ait fait parler d'elle.

MONSIEUR DE SOTENVILLE – Corbleu ! dans la maison de Sotenville on n'a jamais vu de coquette, et la bravoure n'y est pas plus héréditaire aux mâles que la chasteté aux femelles.

MADAME DE SOTENVILLE – Nous avons eu une Jacqueline de la Prudoterie qui ne voulut jamais être la maîtresse d'un duc et pair, gouverneur de notre province.

note

1. le ventre anoblit : la noblesse se transmet de manière héréditaire du père au fils. Une « *maison où le ventre anoblit* » est une maison où la noblesse se transmet de la mère à ses enfants.

MONSIEUR DE SOTENVILLE – Il y a eu une Mathurine de Sotenville qui refusa vingt mille écus d'un favori du Roi, qui ne lui demandait seulement que la faveur de lui parler.

GEORGE DANDIN – Ho bien ! votre fille n'est pas si difficile que cela, et elle s'est apprivoisée depuis qu'elle est chez moi.

MONSIEUR DE SOTENVILLE – Expliquez-vous, mon gendre. Nous ne sommes point gens à la supporter dans de mauvaises actions, et nous serons les premiers, sa mère et moi, à vous en faire justice.

MADAME DE SOTENVILLE – Nous n'entendons point raillerie[1] sur les matières de l'honneur, et nous l'avons élevée dans toute la sévérité possible.

GEORGE DANDIN – Tout ce que je vous puis dire, c'est qu'il y a ici un certain courtisan que vous avez vu, qui est amoureux d'elle à ma barbe, et qui lui a fait faire des protestations d'amour qu'elle a très humainement écoutées.

MADAME DE SOTENVILLE – Jour de Dieu ! je l'étranglerais de mes propres mains, s'il fallait qu'elle forlignât[2] de l'honnêteté de sa mère.

MONSIEUR DE SOTENVILLE – Corbleu ! je lui passerais mon épée au travers du corps, à elle et au galant, si elle avait forfait[3] à son honneur.

notes

1. nous n'entendons point raillerie : nous ne tolérons pas la plaisanterie.

2. qu'elle forlignât : deuxième personne du subjonctif imparfait de « forligner », déchoir, ne pas être à la hauteur de son rang.

3. forfait : manqué.

GEORGE DANDIN – Je vous ai dit ce qui se passe pour vous faire mes plaintes, et je vous demande raison[1] de cette affaire-là.

MONSIEUR DE SOTENVILLE – Ne vous tourmentez point, je vous la ferai de tous deux, et je suis homme pour serrer le bouton à qui que ce puisse être. Mais êtes-vous bien sûr aussi de ce que vous nous dites ?

GEORGE DANDIN – Très sûr.

MONSIEUR DE SOTENVILLE – Prenez bien garde au moins ; car, entre gentilshommes, ce sont des choses chatouilleuses, et il n'est pas question d'aller faire ici un pas de clerc[2].

GEORGE DANDIN – Je ne vous ai rien dit, vous dis-je, qui ne soit véritable.

MONSIEUR DE SOTENVILLE – Mamour, allez-vous-en parler à votre fille, tandis qu'avec mon gendre j'irai parler à l'homme.

MADAME DE SOTENVILLE – Se pourrait-il, mon fils[3], qu'elle s'oubliât de la sorte, après le sage exemple que vous savez vous-même que je lui ai donné ?

MONSIEUR DE SOTENVILLE – Nous allons éclaircir l'affaire. Suivez-moi, mon gendre, et ne vous mettez pas en peine. Vous verrez de quel bois nous nous chauffons lorsqu'on s'attaque à ceux qui nous peuvent appartenir.

GEORGE DANDIN – Le voici qui vient vers nous.

notes

1. je vous demande raison : je vous demande réparation.

2. un pas de clerc : une erreur, une démarche inconsidérée.

3. mon fils : terme d'affection utilisé pour « mon mari ».

Scène 5

MONSIEUR DE SOTENVILLE, CLITANDRE, GEORGE DANDIN

MONSIEUR DE SOTENVILLE – Monsieur, suis-je connu de vous ?

CLITANDRE – Non pas, que je sache, Monsieur.

MONSIEUR DE SOTENVILLE – Je m'appelle le baron de Sotenville.

CLITANDRE – Je m'en réjouis fort.

MONSIEUR DE SOTENVILLE – Mon nom est connu à la Cour, et j'eus l'honneur dans ma jeunesse de me signaler des premiers à l'arrière-ban[1] de Nancy.

CLITANDRE – À la bonne heure.

MONSIEUR DE SOTENVILLE – Monsieur, mon père Jean-Gilles de Sotenville eut la gloire d'assister en personne au grand siège de Montauban[2].

CLITANDRE – J'en suis ravi.

MONSIEUR DE SOTENVILLE – Et j'ai eu un aïeul, Bertrand de Sotenville, qui fut si considéré en son temps, que d'avoir permission de vendre tout son bien pour le voyage d'outre-mer[3].

CLITANDRE – Je le veux croire.

notes

1. *arrière-ban* : dans le système féodal, vassaux des vassaux du roi, ces derniers constituant le « ban ». Louis XIII a convoqué l'arrière-ban en 1635 pour renforcer la garnison de Nancy. À cette époque, les armées de métier remplaçaient déjà la noblesse à la guerre.

2. *Montauban* : ville protestante assiégée par Louis XIII, en 1621, avec un résultat désastreux.

3. *le voyage d'outre-mer* : la croisade.

MONSIEUR DE SOTENVILLE – Il m'a été rapporté, Monsieur, que vous aimez et poursuivez une jeune personne, qui est ma fille, pour laquelle je m'intéresse[1], et pour l'homme que vous voyez, qui a l'honneur d'être mon gendre.

CLITANDRE – Qui, moi ?

MONSIEUR DE SOTENVILLE – Oui ; et je suis bien aise de vous parler, pour tirer de vous, s'il vous plaît, un éclaircissement de cette affaire.

CLITANDRE – Voilà une étrange médisance ! Qui vous a dit cela, Monsieur ?

MONSIEUR DE SOTENVILLE – Quelqu'un qui croit le bien savoir.

CLITANDRE – Ce quelqu'un-là en a menti. Je suis honnête homme. Me croyez-vous capable, Monsieur, d'une action aussi lâche que celle-là ? Moi, aimer une jeune et belle personne, qui a l'honneur d'être la fille de Monsieur le baron de Sotenville ! Je vous révère trop pour cela, et suis trop votre serviteur. Quiconque vous l'a dit est un sot.

MONSIEUR DE SOTENVILLE – Allons, mon gendre.

GEORGE DANDIN – Quoi ?

CLITANDRE – C'est un coquin et un maraud.

MONSIEUR DE SOTENVILLE – Répondez.

GEORGE DANDIN – Répondez vous-même.

CLITANDRE – Si je savais qui ce peut être, je lui donnerais en votre présence de l'épée dans le ventre.

note

1. *pour laquelle je m'intéresse :* pour qui je m'inquiète.

MONSIEUR DE SOTENVILLE – Soutenez donc la chose.

GEORGE DANDIN – Elle est toute soutenue, cela est vrai.

CLITANDRE – Est-ce votre gendre, Monsieur, qui…

MONSIEUR DE SOTENVILLE – Oui, c'est lui-même qui s'en est plaint à moi.

CLITANDRE – Certes, il peut remercier l'avantage qu'il a de vous appartenir[1], et sans cela je lui apprendrais bien à tenir de pareils discours d'une personne comme moi.

Scène 6

MONSIEUR ET MADAME DE SOTENVILLE, ANGÉLIQUE, CLITANDRE, GEORGE DANDIN, CLAUDINE

MADAME DE SOTENVILLE – Pour ce qui est de cela, la jalousie est une étrange chose ! J'amène ici ma fille pour éclaircir l'affaire en présence de tout le monde.

CLITANDRE – Est-ce donc vous, Madame, qui avez dit à votre mari que je suis amoureux de vous ?

note

1. de vous appartenir : d'être de vos gens, de faire partie de votre famille.

ANGÉLIQUE – Moi ? et comment lui aurais-je dit ? Est-ce que cela est ? Je voudrais bien le voir vraiment que vous fussiez amoureux de moi. Jouez-vous-y, je vous en prie, vous trouverez à qui parler. C'est une chose que je vous conseille de faire. Ayez recours, pour voir, à tous les détours des amants : essayez un peu, par plaisir, à m'envoyer des ambassades[1], à m'écrire secrètement de petits billets doux, à épier les moments que mon mari n'y sera pas, ou le temps que je sortirai, pour me parler de votre amour. Vous n'avez qu'à y venir, je vous promets que vous serez reçu comme il faut.

CLITANDRE – Hé ! là, là, Madame, tout doucement. Il n'est pas nécessaire de me faire tant de leçons, et de vous tant scandaliser. Qui vous dit que je songe à vous aimer ?

ANGÉLIQUE – Que sais-je, moi, ce qu'on me vient conter ici ?

CLITANDRE – On dira ce que l'on voudra ; mais vous savez si je vous ai parlé d'amour, lorsque je vous ai rencontrée.

ANGÉLIQUE – Vous n'aviez qu'à le faire, vous auriez été bien venu.

CLITANDRE – Je vous assure qu'avec moi vous n'avez rien à craindre ; que je ne suis point homme à donner du chagrin aux belles ; et que je vous respecte trop, et vous et Messieurs vos parents, pour avoir la pensée d'être amoureux de vous.

MADAME DE SOTENVILLE – Hé bien ! vous le voyez.

MONSIEUR DE SOTENVILLE – Vous voilà satisfait, mon gendre. Que dites-vous à cela ?

note

1. des ambassades : des messagers.

George Dandin – Je dis que ce sont là des contes à dormir debout ; que je sais bien ce que je sais, et que tantôt, puisqu'il faut parler, elle a reçu une ambassade de sa part.

Angélique – Moi, j'ai reçu une ambassade ?

Clitandre – J'ai envoyé une ambassade ?

Angélique – Claudine.

Clitandre – Est-il vrai ?

Claudine – Par ma foi, voilà une étrange fausseté !

George Dandin – Taisez-vous, carogne[1] que vous êtes. Je sais de vos nouvelles, et c'est vous qui tantôt avez introduit le courrier[2].

Claudine – Qui, moi ?

George Dandin – Oui, vous. Ne faites point tant la sucrée[3].

Claudine – Hélas ! que le monde aujourd'hui est rempli de méchanceté, de m'aller soupçonner ainsi, moi qui suis l'innocence même !

George Dandin – Taisez-vous, bonne pièce[4]. Vous faites la sournoise ; mais je vous connais il y a longtemps[5], et vous êtes une dessalée[6].

Claudine – Madame, est-ce que… ?

George Dandin – Taisez-vous, vous dis-je, vous pourriez bien porter la folle enchère[7] de tous les autres ; et vous n'avez point de père gentilhomme.

notes

1. carogne : charogne, femme de mauvaise vie.

2. le courrier : le messager, en l'occurrence Lubin.

3. ne faites point tant la sucrée : n'affectez pas des manières honnêtes pour masquer un comportement galant.

4. bonne pièce : personne rusée.

5. il y a longtemps : depuis longtemps.

6. dessalée : fine, rusée.

7. porter la folle enchère : payer pour un autre sans en avoir de profit.

ANGÉLIQUE – C'est une imposture si grande, et qui me touche si fort au cœur, que je ne puis pas même avoir la force d'y répondre. Cela est bien horrible d'être accusée par un mari lorsqu'on ne lui fait rien qui ne soit à faire. Hélas ! si je suis blâmable de quelque chose, c'est d'en user trop bien avec lui.

CLAUDINE – Assurément.

ANGÉLIQUE – Tout mon malheur est de le trop considérer ; et plût au Ciel que je fusse capable de souffrir, comme il dit, les galanteries de quelqu'un ! je ne serais pas tant à plaindre. Adieu : je me retire, et je ne puis plus endurer qu'on m'outrage de cette sorte.

MADAME DE SOTENVILLE – Allez, vous ne méritez pas l'honnête femme qu'on vous a donnée.

CLAUDINE – Par ma foi ! il mériterait qu'elle lui fît dire vrai ; et si j'étais en sa place, je n'y marchanderais pas. Oui, Monsieur, vous devez, pour le punir, faire l'amour[1] à ma maîtresse. Poussez, c'est moi qui vous le dis, ce sera fort bien employé ; et je m'offre à vous y servir, puisqu'il m'en a déjà taxée.

MONSIEUR DE SOTENVILLE – Vous méritez, mon gendre, qu'on vous dise ces choses-là ; et votre procédé met tout le monde contre vous.

MADAME DE SOTENVILLE – Allez, songez à mieux traiter une demoiselle bien née, et prenez garde désormais à ne plus faire de pareilles bévues.

note

1. faire l'amour : faire la cour.

GEORGE DANDIN – J'enrage de bon cœur d'avoir tort, lorsque j'ai raison.

CLITANDRE – Monsieur, vous voyez comme j'ai été faussement accusé : vous êtes homme qui savez les maximes du point d'honneur[1], et je vous demande raison[2] de l'affront qui m'a été fait.

MONSIEUR DE SOTENVILLE – Cela est juste, et c'est l'ordre des procédés. Allons, mon gendre, faites satisfaction à Monsieur.

GEORGE DANDIN – Comment satisfaction ?

MONSIEUR DE SOTENVILLE – Oui, cela se doit dans les règles pour l'avoir à tort accusé.

GEORGE DANDIN – C'est une chose, moi, dont je ne demeure pas d'accord, de l'avoir à tort accusé, et je sais bien ce que j'en pense.

MONSIEUR DE SOTENVILLE – Il n'importe. Quelque pensée qui vous puisse rester, il a nié : c'est satisfaire les personnes, et l'on n'a nul droit de se plaindre de tout homme qui se dédit.

GEORGE DANDIN – Si bien donc que si je le trouvais couché avec ma femme, il en serait quitte pour se dédire ?

MONSIEUR DE SOTENVILLE – Point de raisonnement. Faites-lui les excuses que je vous dis.

GEORGE DANDIN – Moi, je lui ferai encore des excuses après… ?

notes

1. *les maximes du point d'honneur* : les règles de l'honneur.

2. *je vous demande raison* : je vous demande réparation.

Monsieur de Sotenville – Allons, vous dis-je. Il n'y a rien à balancer, et vous n'avez que faire d'avoir peur d'en trop faire, puisque c'est moi qui vous conduis.

George Dandin – Je ne saurais.

Monsieur de Sotenville – Corbleu[1] ! mon gendre, ne m'échauffez pas la bile : je me mettrais avec lui contre vous. Allons, laissez-vous gouverner par moi.

George Dandin – Ah ! George Dandin !

Monsieur de Sotenville – Votre bonnet à la main, le premier : Monsieur est gentilhomme, et vous ne l'êtes pas.

George Dandin – J'enrage.

Monsieur de Sotenville – Répétez après moi : « Monsieur. »

George Dandin – « Monsieur. »

Monsieur de Sotenville *(Il voit que son gendre fait difficulté de lui obéir.)* – « Je vous demande pardon. » Ah !

George Dandin – « Je vous demande pardon. »

Monsieur de Sotenville – « Des mauvaises pensées que j'ai eues de vous. »

George Dandin – « Des mauvaises pensées que j'ai eues de vous. »

Monsieur de Sotenville – « C'est que je n'avais pas l'honneur de vous connaître. »

George Dandin – « C'est que je n'avais pas l'honneur de vous connaître. »

Monsieur de Sotenville – « Et je vous prie de croire. »

note

1. corbleu : juron, euphémisme pour « corps de Dieu ».

GEORGE DANDIN – « Et je vous prie de croire. »

MONSIEUR DE SOTENVILLE – « Que je suis votre serviteur. »

GEORGE DANDIN – Voulez-vous que je sois serviteur d'un homme qui me veut faire cocu ?

MONSIEUR DE SOTENVILLE *(Il le menace encore.)* – Ah !

CLITANDRE – Il suffit, Monsieur.

MONSIEUR DE SOTENVILLE – Non : je veux qu'il achève, et que tout aille dans les formes. « Que je suis votre serviteur. »

GEORGE DANDIN – « Que je suis votre serviteur. »

CLITANDRE – Monsieur, je suis le vôtre de tout mon cœur, et je ne songe plus à ce qui s'est passé. Pour vous, Monsieur, je vous donne le bonjour, et suis fâché du petit chagrin que vous avez eu.

MONSIEUR DE SOTENVILLE – Je vous baise les mains ; et quand il vous plaira, je vous donnerai le divertissement de courre un lièvre[1].

CLITANDRE – C'est trop de grâces que vous me faites.

MONSIEUR DE SOTENVILLE – Voilà, mon gendre, comme il faut pousser les choses. Adieu. Sachez que vous êtes entré dans une famille qui vous donnera de l'appui, et ne souffrira point que l'on vous fasse aucun affront.

note

1. courre un lièvre : chasser un lièvre à cheval. La chasse à courre est un divertissement des nobles qui possèdent des terres suffisamment vastes pour qu'on puisse y chasser à cheval.

Scène 7

GEORGE DANDIN

GEORGE DANDIN – Ah ! que je… Vous l'avez voulu, vous l'avez voulu, George Dandin, vous l'avez voulu, cela vous sied fort bien, et vous voilà ajusté comme il faut ; vous avez justement ce que vous méritez. Allons, il s'agit seulement de désabuser[1] le père et la mère, et je pourrai trouver peut-être quelque moyen d'y réussir.

George Dandin (Bruno Putzulu), Monsieur de Sotenville (Alain Lenglet), Madame de Sotenville (Martine Chevallier), mise en scène de Catherine Hiégel, Comédie-Française/théâtre du Vieux-Colombier, 1999.

note

1. ***désabuser :*** détromper.

Au fil du texte

Questions sur l'acte I, scènes 4, 5, 6 et 7 (pages 21 à 36)

Avez-vous bien lu ?

1. Que reprochent Monsieur et Madame de Sotenville à George Dandin dans la scène 4 ?

2. Qu'a gagné George Dandin à son mariage (scène 4) ?

3. De quoi George Dandin accuse-t-il sa femme (scène 4) ?

synonymes : **mots qui sont d'un sens très proche.**

4. Comment Clitandre prouve-t-il son innocence dans les scènes 5 et 6 ?

5. Qui témoigne de l'innocence d'Angélique ?

6. Que projette George Dandin à la fin de l'acte I ?

Étudier le vocabulaire et la grammaire

7. En vous aidant d'un dictionnaire, trouvez l'intrus parmi ces trois injures : *« un sot »*, *« un coquin et un maraud »* (lignes 314 et 317) et justifiez votre choix.

8. Donnez des mots dérivés de *« maraud »*. Ces mots sont-ils encore très utilisés ? Proposez des synonymes* plus actuels.

9. Quel est le sens courant de *« coquin »* aujourd'hui ? Par quel mot Clitandre l'aurait-il remplacé s'il parlait à notre époque ?

10. En quoi la tournure *« ce qu'on me vient conter »* (ligne 348) est-elle typique de la langue classique ? Trouvez-en un autre exemple dans la scène 6 et récrivez-les de manière « moderne ».

ÉTUDIER UN THÈME : LA SATIRE* DES PETITS MARQUIS

11. D'après les lignes 196 à 203, quelle est la situation de fortune des Sotenville ?

12. Qu'exigent Monsieur et Madame de Sotenville de George Dandin au début de la scène 4 ?

13. En quoi leurs prétentions sont-elles à la fois ridicules et dépourvues de bon sens ?

14. À la scène 5, expliquez en quoi les titres de gloire militaire de sa famille que cite Monsieur de Sotenville aux lignes 284 à 286 et 288 à 295 sont ridicules.

15. En vous aidant d'exemples précis tirés de la scène 4, dites comment Monsieur et Madame de Sotenville considèrent leur gendre.

***satire* :** **genre littéraire consistant à critiquer les mœurs sociales en s'en moquant.**

***réplique* :** **propos tenu par un personnage dans un dialogue.**

ÉTUDIER LE DISCOURS : LES RÉPLIQUES* À DOUBLE ENTENTE

16. Indiquez le sens de : *« Vous n'avez qu'à y venir, je vous promets que vous serez reçu comme il faut »* (lignes 343-344), suivant que la phrase est entendue par Clitandre, les spectateurs, George Dandin ou Monsieur et Madame de Sotenville.

17. Étudiez les lignes 349 à 357 et montrez qu'elles changent de sens suivant la personne qui les entend.

IMAGINER LA MISE EN SCÈNE

18. Citez la réplique qui traduit l'état d'esprit de George Dandin, au début de la scène 4, et essayez de le caractériser. Décrivez l'attitude de Dandin (l'expression de son visage, sa démarche, le ton de sa voix, sa gestuelle...).

19. Essayez d'imaginer les déplacements des personnages à la fin de la scène 6 (lignes 439 à 481) lorsque Monsieur de Sotenville oblige Dandin à s'excuser.

Lire l'image

20. Comparez les costumes de George Dandin et des Sotenville tels qu'ils apparaissent page 36. En quoi sont-ils représentatifs de l'appartenance à la noblesse ou à la bourgeoisie ?

21. Expliquez en quoi l'attitude de George Dandin est humble et réservée, tandis que celle des Sotenville est hautaine.

22. En quoi les Sotenville sont-ils ridicules ?

À vos plumes !

23. Tâchez de faire le portrait physique et psychologique des petits nobles de province dont Molière fait la satire.

**Claudine (Catherine Samie) et Lubin (Jean-Paul Roussillon),
mise en scène de Georges Chamarat,
Comédie-Française, 1954.**

Acte II

Scène 1

CLAUDINE, LUBIN

CLAUDINE – Oui, j'ai bien deviné qu'il fallait que cela vînt de toi, et que tu l'eusses dit à quelqu'un qui l'ait rapporté à notre maître.

LUBIN – Par ma foi ! je n'en ai touché qu'un petit mot en passant à un homme, afin qu'il ne dît point qu'il m'avait vu sortir, et il faut que les gens en ce pays-ci soient de grands babillards[1].

CLAUDINE – Vraiment, ce Monsieur le Vicomte a bien choisi son monde, que de te prendre pour son ambassadeur[2], et il s'est allé servir là d'un homme bien chanceux.

LUBIN – Va, une autre fois je serai plus fin, et je prendrai mieux garde à moi.

notes

1. *babillards* : bavards. **2. *ambassadeur* :** messager.

CLAUDINE – Oui, oui, il sera temps.

LUBIN – Ne parlons plus de cela. Écoute.

CLAUDINE – Que veux-tu que j'écoute ?

LUBIN – Tourne un peu ton visage devers[1] moi.

CLAUDINE – Hé bien, qu'est-ce ?

LUBIN – Claudine.

CLAUDINE – Quoi ?

LUBIN – Hé ! là, ne sais-tu pas bien ce que je veux dire ?

CLAUDINE – Non.

LUBIN – Morgué[2] ! je t'aime.

CLAUDINE – Tout de bon[3] ?

LUBIN – Oui, le diable m'emporte ! tu me peux croire, puisque j'en jure.

CLAUDINE – À la bonne heure.

LUBIN – Je me sens tout tribouiller[4] le cœur quand je te regarde.

CLAUDINE – Je m'en réjouis.

LUBIN – Comment est-ce que tu fais pour être si jolie ?

CLAUDINE – Je fais comme font les autres.

LUBIN – Vois-tu ? il ne faut point tant de beurre pour faire un quarteron[5] : si tu veux, tu seras ma femme, je serai ton mari, et nous serons tous deux mari et femme.

CLAUDINE – Tu serais peut-être jaloux comme notre maître.

notes

1. devers : vers.

2. morgué : comme « morguéne », juron paysan correspondant à morbleu (mort de Dieu).

3. tout de bon : vraiment.

4. tribouiller : remuer, émouvoir.

5. il ne faut point tant de beurre pour faire un quarteron : pas besoin de cérémonies.

LUBIN – Point.

CLAUDINE – Pour moi, je hais les maris soupçonneux, et j'en veux un qui ne s'épouvante de rien, un si plein de confiance, et si sûr de ma chasteté, qu'il me vît sans inquiétude au milieu de trente hommes.

LUBIN – Hé bien ! je serai tout comme cela.

CLAUDINE – C'est la plus sotte chose du monde que de se défier d'une femme, et de la tourmenter. La vérité de l'affaire est qu'on n'y gagne rien de bon : cela nous fait songer à mal, et ce sont souvent les maris qui, avec leurs vacarmes, se font eux-mêmes ce qu'ils sont.

LUBIN – Hé bien ! je te donnerai la liberté de faire tout ce qu'il te plaira.

CLAUDINE – Voilà comme il faut faire pour n'être point trompé. Lorsqu'un mari se met à notre discrétion[1], nous ne prenons de liberté que ce qu'il nous en faut, et il en est comme avec ceux qui nous ouvrent leur bourse et nous disent : « Prenez. » Nous en usons honnêtement, et nous nous contentons de la raison. Mais ceux qui nous chicanent[2], nous nous efforçons de les tondre[3], et nous ne les épargnons point.

LUBIN – Va, je serai de ceux qui ouvrent leur bourse, et tu n'as qu'à te marier avec moi.

CLAUDINE – Hé bien, bien, nous verrons.

LUBIN – Viens donc ici, Claudine.

CLAUDINE – Que veux-tu ?

notes

1. *se met à discrétion* : fait confiance.

2. *chicanent* : se méfient, surveillent et vérifient.

3. *tondre* : tromper, ennuyer.

LUBIN – Viens, te dis-je.

CLAUDINE – Ah ! doucement : je n'aime pas les patineurs[1].

LUBIN – Eh ! un petit brin d'amitié.

CLAUDINE – Laisse-moi là, te dis-je : je n'entends pas raillerie.

LUBIN – Claudine.

CLAUDINE – Ahy !

LUBIN – Ah ! que tu es rude à pauvres gens. Fi ! que cela est malhonnête de refuser les personnes ! N'as-tu point de honte d'être belle, et de ne vouloir pas qu'on te caresse ? Eh là !

CLAUDINE – Je te donnerai sur le nez.

LUBIN – Oh ! la farouche, la sauvage. Fi, poua ! la vilaine, qui est cruelle.

CLAUDINE – Tu t'émancipes trop.

LUBIN – Qu'est-ce que cela te coûterait de me laisser un peu faire ?

CLAUDINE – Il faut que tu te donnes patience.

LUBIN – Un petit baiser seulement, en rabattant sur notre mariage.

CLAUDINE – Je suis votre servante.

LUBIN – Claudine, je t'en prie, sur l'et-tant-moins[2].

CLAUDINE – Eh ! que nenni : j'y ai déjà été attrapée. Adieu. Va-t'en, et dis à Monsieur le Vicomte que j'aurai soin de rendre son billet.

notes

1. *patineurs* : peloteurs, personnes trop caressantes.

2. *l'et-tant-moins* : avance sur les baisers qui lui reviendront après le mariage.

LUBIN – Adieu, beauté rude ânière[1].

CLAUDINE – Le mot est amoureux.

LUBIN – Adieu, rocher, caillou, pierre de taille, et tout ce qu'il y a de plus dur au monde.

CLAUDINE – Je vais remettre aux mains de ma maîtresse… Mais la voici avec son mari : éloignons-nous, et attendons qu'elle soit seule.

Scène 2

GEORGE DANDIN, ANGÉLIQUE, CLITANDRE

GEORGE DANDIN – Non, non, on ne m'abuse pas avec tant de facilité, et je ne suis que trop certain que le rapport que l'on m'a fait est véritable. J'ai de meilleurs yeux qu'on ne pense, et votre galimatias[2] ne m'a point tantôt ébloui.

CLITANDRE – Ah ! la voilà ; mais le mari est avec elle.

GEORGE DANDIN – Au travers de toutes vos grimaces, j'ai vu la vérité de ce que l'on m'a dit, et le peu de respect que vous avez pour le nœud qui nous joint[3]. Mon Dieu ! laissez là votre révérence, ce n'est pas de ces sortes de respect dont je vous parle, et vous n'avez que faire de vous moquer.

notes

1. *rude ânière* : brutale, dure ; terme populaire s'écrivant « rudasnière ».

2. *galimatias* : charabia, discours confus.

3. *le nœud qui nous joint* : le mariage.

ANGÉLIQUE – Moi, me moquer ! En aucune façon.

GEORGE DANDIN – Je sais votre pensée, et connais… Encore ? Ah ! ne raillons pas davantage ! Je n'ignore pas qu'à cause de votre noblesse vous me tenez fort au-dessous de vous, et le respect que je vous veux dire ne regarde point ma personne : j'entends parler de celui que vous devez à des nœuds aussi vénérables que le sont ceux du mariage. Il ne faut point lever les épaules, et je ne dis point de sottises.

ANGÉLIQUE – Qui songe à lever les épaules ?

GEORGE DANDIN – Mon Dieu ! nous voyons clair. Je vous dis encore une fois que le mariage est une chaîne à laquelle on doit porter toute sorte de respect, et que c'est fort mal fait à vous d'en user comme vous faites. Oui, oui, mal fait à vous ; et vous n'avez que faire de hocher la tête, et de me faire la grimace.

ANGÉLIQUE – Moi ! Je ne sais ce que vous voulez dire.

GEORGE DANDIN – Je le sais bien, moi ; et vos mépris me sont connus. Si je ne suis pas né noble, au moins suis-je d'une race où il n'y a point de reproche, et la famille des Dandins…

CLITANDRE, *derrière Angélique, sans être aperçu de Dandin* – Un moment d'entretien.

GEORGE DANDIN – Eh ?

ANGÉLIQUE – Quoi ? Je ne dis mot.

GEORGE DANDIN – Le voilà qui vient rôder autour de vous.

ANGÉLIQUE – Hé bien, est-ce ma faute ? Que voulez-vous que j'y fasse ?

Angélique (Zabou) et George Dandin (Claude Brasseur), dans le film *George Dandin*, de Roger Planchon, 1987.

GEORGE DANDIN – Je veux que vous y fassiez ce que fait une femme qui ne veut plaire qu'à son mari. Quoi qu'on en puisse dire, les galants n'obsèdent[1] jamais que quand on le veut bien. Il y a un certain air doucereux qui les attire, ainsi que le miel fait les mouches ; et les honnêtes femmes ont des manières qui les savent chasser d'abord.

ANGÉLIQUE – Moi, les chasser ? et par quelle raison ? Je ne me scandalise point qu'on me trouve bien faite, et cela me fait du plaisir.

GEORGE DANDIN – Oui. Mais quel personnage voulez-vous que joue un mari pendant cette galanterie ?

ANGÉLIQUE – Le personnage d'un honnête homme qui est bien aise de voir sa femme considérée.

GEORGE DANDIN – Je suis votre valet. Ce n'est pas là mon compte, et les Dandins ne sont point accoutumés à cette mode-là.

ANGÉLIQUE – Oh ! les Dandins s'y accoutumeront s'ils veulent. Car pour moi, je vous déclare que mon dessein n'est pas de renoncer au monde, et de m'enterrer toute vive dans un mari. Comment ? parce qu'un homme s'avise de nous épouser, il faut d'abord que toutes choses soient finies pour nous, et que nous rompions tout commerce avec les vivants ? C'est une chose merveilleuse que cette tyrannie de Messieurs les maris, et je les trouve bons de vouloir qu'on soit morte à tous les divertissements, et qu'on ne vive que pour eux. Je me moque de cela, et ne veux point mourir si jeune.

note

1. *obsèdent* : poursuivent avec insistance.

George Dandin – C'est ainsi que vous satisfaites aux engagements de la foi que vous m'avez donnée publiquement ?

Angélique – Moi ? je ne vous l'ai point donnée de bon cœur, et vous me l'avez arrachée. M'avez-vous, avant le mariage, demandé mon consentement, et si je voulais bien de vous ? Vous n'avez consulté, pour cela, que mon père et ma mère ; ce sont eux proprement qui vous ont épousé, et c'est pourquoi vous ferez bien de vous plaindre toujours à eux des torts que l'on pourra vous faire. Pour moi, qui ne vous ai point dit de vous marier avec moi, et que vous avez prise sans consulter mes sentiments, je prétends n'être point obligée à me soumettre en esclave à vos volontés ; et je veux jouir, s'il vous plaît, de quelque nombre de beaux jours que m'offre la jeunesse, prendre les douces libertés que l'âge me permet, voir un peu le beau monde, et goûter le plaisir de m'ouïr[1] dire des douceurs. Préparez-vous-y, pour votre punition, et rendez grâces au Ciel de ce que je ne suis pas capable de quelque chose de pis.

George Dandin – Oui ! c'est ainsi que vous le prenez ? Je suis votre mari, et je vous dis que je n'entends pas cela.

Angélique – Moi je suis votre femme, et je vous dis que je l'entends.

George Dandin – Il me prend des tentations d'accommoder tout son visage à la compote, et le mettre en état de ne plaire de sa vie aux diseurs de fleurettes. Ah ! allons, George Dandin ; je ne pourrais me retenir, et il vaut mieux quitter la place.

note

1. *ouïr :* entendre.

Au fil du texte

Questions sur l'acte II, scènes 1 et 2 (pages 41 à 49)

AVEZ-VOUS BIEN LU ?

1. Cochez la bonne réponse. À la scène 1, Claudine reproche à Lubin :
- ☐ de l'ennuyer.
- ☐ d'avoir manqué de discrétion.
- ☐ de s'être saoulé.

2. Cochez la bonne réponse. Lubin demande à Claudine :
- ☐ sa main.
- ☐ de l'argent.
- ☐ un baiser.

3. Cochez la bonne réponse. Claudine n'aime pas les maris :
- ☐ gros.
- ☐ jaloux et soupçonneux.
- ☐ confiants et discrets.

4. À la scène 2, qui parle avec Angélique sans être aperçu de George Dandin ?

5. Que reproche George Dandin à sa femme ?

6. Cochez la bonne réponse. Angélique revendique le droit :
- ☐ de tromper son mari.
- ☐ de vivre en société.
- ☐ d'aller à la pêche.

7. Pourquoi George Dandin sort-il à la fin de la scène 2 ?

ÉTUDIER LE VOCABULAIRE ET LA GRAMMAIRE

8. *« Il ne faut point tant de beurre pour faire un quarteron »* (lignes 32-33).
a) Faites l'analyse syntaxique de cette phrase.
b) Expliquez en quoi ce langage est imagé*.
c) À quel univers de référence Lubin fait-il appel pour parler d'amour ?

9. Comment s'appelle la figure de style* des lignes 88-89 ? Pourquoi Lubin l'utilise-t-il ?

10. Dans les répliques* d'Angélique, à la fin de la scène 2 (lignes 143 à 180) :
– relevez les phrases interrogatives ;
– indiquez les marques de la tournure interrogative (intonation, ponctuation, pronom interrogatif, inversion du sujet) ;
– trouvez une question oratoire*.

11. Relevez, dans l'ensemble de la scène 2, le champ lexical* du mariage. Que pouvez-vous en conclure sur le mariage au XVIIe siècle ?

ÉTUDIER UN THÈME : LA PLACE DES FEMMES AU XVIIE SIÈCLE

12. Que doit faire une femme mariée selon George Dandin ?

13. Comment Angélique conçoit-elle ses devoirs d'épouse ?

14. Montrez, en comparant les propos de George Dandin et ceux d'Angélique, que deux conceptions du mariage, l'une bourgeoise et provinciale, l'autre noble et parisienne, s'y opposent.

langage imagé : **langage dans lequel les mots sont employés de manière métaphorique et non dans leur sens premier.**

figure de style : **procédé expressif de style (la métaphore, l'allégorie, la périphrase… sont des figures de style).**

réplique : **propos tenu par un personnage dans un dialogue.**

question oratoire : **fausse question ; on fait mine de la poser alors que l'on connaît la réponse.**

champ lexical : **dans un texte, l'ensemble des mots qui se rattachent à une même notion.**

15. Dans la scène 1, les valets dialoguent longuement sur le mariage. Quels sont les points communs et les différences entre le point de vue des valets et celui des maîtres sur le mariage ?

Étudier la fonction de la scène 2

16. Dans quelle mesure la scène 2 fait-elle progresser l'intrigue* ?

intrigue : **action, histoire racontée par une pièce.**

17. Comment la scène 2 fait-elle évoluer la perception d'Angélique par les spectateurs ?

Lire l'image

18. À votre avis, sur la photo de la page 40, pourquoi Claudine est-elle placée légèrement en hauteur par rapport à Lubin ?

19. Que pouvez-vous dire de leurs costumes ?

20. Comment la photo de la page 47 montre-t-elle les sentiments contradictoires qu'éprouvent Angélique et George l'un pour l'autre ?

À vos plumes !

21. Lubin raconte à Clitandre de quelle manière il a demandé Claudine en mariage. Écrivez ce récit en tentant d'imiter la manière paysanne de parler de Lubin et sans oublier de faire référence aux réponses que lui a faites Claudine à la scène 1.

Scène 3

CLAUDINE, ANGÉLIQUE

CLAUDINE – J'avais, Madame, impatience qu'il s'en allât, pour vous rendre ce mot de la part que vous savez.

ANGÉLIQUE – Voyons.

CLAUDINE – À ce que je puis remarquer, ce qu'on lui dit ne lui déplaît pas trop.

ANGÉLIQUE – Ah ! Claudine, que ce billet s'explique d'une façon galante ! Que dans tous leurs discours et dans toutes leurs actions les gens de cœur ont un air agréable ! et qu'est-ce que c'est auprès d'eux que nos gens de province ?

CLAUDINE – Je crois qu'après les avoir vus, les Dandins ne vous plaisent guère.

ANGÉLIQUE – Demeure ici : je m'en vais faire la réponse.

CLAUDINE – Je n'ai pas besoin, que je pense, de lui recommander de la faire agréable. Mais voici…

Scène 4

CLITANDRE, LUBIN, CLAUDINE

CLAUDINE – Vraiment, Monsieur, vous avez pris là un habile messager.

CLITANDRE – Je n'ai pas osé envoyer de mes gens. Mais, ma pauvre Claudine, il faut que je te récompense des bons offices que je sais que tu m'as rendus.

CLAUDINE – Eh ! Monsieur, il n'est pas nécessaire. Non, Monsieur, vous n'avez que faire de vous donner cette peine-là ; et je vous rends service parce que vous le méritez, et que je me sens au cœur de l'inclination pour vous.

CLITANDRE – Je te suis obligé.

LUBIN – Puisque nous serons mariés, donne-moi cela, que je le mette avec le mien.

CLAUDINE – Je te le garde aussi bien que le baiser.

CLITANDRE – Dis-moi, as-tu rendu mon billet à ta belle maîtresse ?

CLAUDINE – Oui, elle est allée y répondre.

CLITANDRE – Mais, Claudine, n'y a-t-il pas moyen que je la puisse entretenir ?

CLAUDINE – Oui : venez avec moi, je vous ferai parler à elle.

CLITANDRE – Mais le trouvera-t-elle bon ? et n'y a-t-il rien à risquer ?

CLAUDINE – Non, non : son mari n'est pas au logis ; et puis, ce n'est pas lui qu'elle a le plus à ménager ; c'est son père et sa mère ; et pourvu qu'ils soient prévenus, tout le reste n'est point à craindre.

CLITANDRE – Je m'abandonne à ta conduite.

LUBIN, *seul.* – Testiguenne[1] ! que j'aurai là une habile femme ! Elle a de l'esprit comme quatre.

note

1. testiguenne : morbleu (mort de Dieu), juron burlesque de paysan.

Scène 5

GEORGE DANDIN, LUBIN

GEORGE DANDIN – Voici mon homme de tantôt. Plût au Ciel qu'il pût se résoudre à vouloir rendre témoignage au père et à la mère de ce qu'ils ne veulent point croire !

LUBIN – Ah ! vous voilà, Monsieur le babillard[1], à qui j'avais tant recommandé de ne point parler, et qui me l'aviez tant promis. Vous êtes donc un causeur, et vous allez redire ce que l'on vous dit en secret ?

GEORGE DANDIN – Moi ?

LUBIN – Oui. Vous avez été tout rapporter au mari, et vous êtes cause qu'il a fait du vacarme. Je suis bien aise de savoir que vous avez de la langue, et cela m'apprendra à ne vous plus rien dire.

GEORGE DANDIN – Écoute, mon ami.

LUBIN – Si vous n'aviez point babillé, je vous aurais conté ce qui se passe à cette heure ; mais pour votre punition vous ne saurez rien du tout.

GEORGE DANDIN – Comment ? qu'est-ce qui se passe ?

LUBIN – Rien, rien. Voilà ce que c'est d'avoir causé : vous n'en tâterez plus, et je vous laisse sur la bonne bouche[2].

GEORGE DANDIN – Arrête un peu.

LUBIN – Point.

GEORGE DANDIN – Je ne te veux dire qu'un mot.

notes

1. babillard : bavard.

2. sur la bonne bouche : sur votre curiosité.

LUBIN – Nennin, nennin. Vous avez envie de me tirer les vers du nez.

GEORGE DANDIN – Non, ce n'est pas cela.

LUBIN – Eh ! quelque sot. Je vous vois venir.

GEORGE DANDIN – C'est autre chose. Écoute.

LUBIN – Point d'affaire. Vous voudriez que je vous dise que Monsieur le Vicomte vient de donner de l'argent à Claudine, et qu'elle l'a mené chez sa maîtresse. Mais je ne suis pas si bête.

GEORGE DANDIN – De grâce.

LUBIN – Non.

GEORGE DANDIN – Je te donnerai…

LUBIN – Tarare[1] !

Scène 6

GEORGE DANDIN

GEORGE DANDIN – Je n'ai pu me servir avec cet innocent de la pensée que j'avais. Mais le nouvel avis qui lui est échappé ferait la même chose, et si le galant est chez moi, ce serait pour avoir raison aux yeux du père et de la mère, et les

note

1. tarare : taratata ; onomatopée imitant le son de la trompette, pour laisser entendre qu'on ne croit pas ce qu'on vous dit.

convaincre pleinement de l'effronterie de leur fille. Le mal de tout ceci, c'est que je ne sais comment faire pour profiter d'un tel avis. Si je rentre chez moi, je ferai évader le drôle, et quelque chose que je puisse voir moi-même de mon déshonneur, je n'en serai point cru à mon serment[1], et l'on me dira que je rêve. Si, d'autre part, je vais quérir[2] beau-père et belle-mère sans être sûr de trouver chez moi le galant, ce sera la même chose, et je retomberai dans l'inconvénient de tantôt. Pourrais-je point m'éclaircir doucement s'il y est encore ? Ah Ciel ! il n'en faut plus douter, et je viens de l'apercevoir par le trou de la porte. Le sort me donne ici de quoi confondre ma partie ; et pour achever l'aventure, il fait venir à point nommé les juges dont j'avais besoin.

Scène 7

MONSIEUR ET MADAME DE SOTENVILLE, GEORGE DANDIN

GEORGE DANDIN – Enfin vous ne m'avez pas voulu croire tantôt, et votre fille l'a emporté sur moi ; mais j'ai en main de quoi vous faire voir comme elle m'accommode, et, Dieu merci ! mon déshonneur est si clair maintenant, que vous n'en pourrez plus douter.

MONSIEUR DE SOTENVILLE – Comment, mon gendre, vous en êtes encore là-dessus ?

notes

1. je n'en serai point cru à mon serment : on ne me croira pas sur parole.

2. quérir : chercher.

GEORGE DANDIN – Oui, j'y suis, et jamais je n'eus tant de sujet d'y être.

MADAME DE SOTENVILLE – Vous nous venez encore étourdir la tête ?

GEORGE DANDIN – Oui, Madame, et l'on fait bien pis à la mienne.

MONSIEUR DE SOTENVILLE – Ne vous lassez-vous point de vous rendre importun ?

GEORGE DANDIN – Non ; mais je me lasse fort d'être pris pour dupe.

MADAME DE SOTENVILLE – Ne voulez-vous point vous défaire de vos pensées extravagantes ?

GEORGE DANDIN – Non, Madame ; mais je voudrais bien me défaire d'une femme qui me déshonore.

MADAME DE SOTENVILLE – Jour de Dieu ! notre gendre, apprenez à parler.

MONSIEUR DE SOTENVILLE – Corbleu[1] ! cherchez des termes moins offensants que ceux-là.

GEORGE DANDIN – Marchand qui perd ne peut rire.

MADAME DE SOTENVILLE – Souvenez-vous que vous avez épousé une demoiselle.

GEORGE DANDIN – Je m'en souviens assez, et ne m'en souviendrai que trop.

MONSIEUR DE SOTENVILLE – Si vous vous en souvenez, songez donc à parler d'elle avec plus de respect.

note

1. corbleu : juron, euphémisme pour « corps de Dieu ».

GEORGE DANDIN – Mais que ne songe-t-elle plutôt à me traiter plus honnêtement ? Quoi ? parce qu'elle est demoiselle, il faut qu'elle ait la liberté de me faire ce qui lui plaît, sans que j'ose souffler ?

MONSIEUR DE SOTENVILLE – Qu'avez-vous donc, et que pouvez-vous dire ? N'avez-vous pas vu ce matin qu'elle s'est défendue de connaître celui dont vous m'étiez venu parler ?

GEORGE DANDIN – Oui. Mais vous, que pourrez-vous dire si je vous fais voir maintenant que le galant est avec elle ?

MADAME DE SOTENVILLE – Avec elle ?

GEORGE DANDIN – Oui, avec elle, et dans ma maison.

MONSIEUR DE SOTENVILLE – Dans votre maison ?

GEORGE DANDIN – Oui, dans ma propre maison.

MADAME DE SOTENVILLE – Si cela est, nous serons pour vous contre elle.

MONSIEUR DE SOTENVILLE – Oui : l'honneur de notre famille nous est plus cher que toute chose ; et si vous dites vrai, nous la renoncerons pour notre sang[1], et l'abandonnerons à votre colère.

GEORGE DANDIN – Vous n'avez qu'à me suivre.

MADAME DE SOTENVILLE – Gardez de vous tromper.

MONSIEUR DE SOTENVILLE – N'allez pas faire comme tantôt.

GEORGE DANDIN – Mon Dieu ! vous allez voir. Tenez, ai-je menti ?

note

1. *nous la renoncerons pour notre sang* : nous la renierons ; elle ne sera plus notre fille.

Scène 8

ANGÉLIQUE, CLITANDRE, CLAUDINE, MONSIEUR ET MADAME DE SOTENVILLE, GEORGE DANDIN

ANGÉLIQUE – Adieu. J'ai peur qu'on vous surprenne ici, et j'ai quelques mesures[1] à garder.

CLITANDRE – Promettez-moi donc, Madame, que je pourrai vous parler cette nuit.

ANGÉLIQUE – J'y ferai mes efforts.

GEORGE DANDIN – Approchons doucement par-derrière, et tâchons de n'être point vus.

CLAUDINE – Ah ! Madame, tout est perdu : voilà votre père et votre mère, accompagnés de votre mari.

CLITANDRE – Ah Ciel !

ANGÉLIQUE – Ne faites pas semblant de rien[2], et me laissez faire tous deux. Quoi ? vous osez en user de la sorte, après l'affaire de tantôt, et c'est ainsi que vous dissimulez vos sentiments ? On me vient rapporter que vous avez de l'amour pour moi, et que vous faites des desseins de me solliciter[3] ; j'en témoigne mon dépit, et m'explique à vous clairement en présence de tout le monde ; vous niez hautement la chose, et me donnez parole de n'avoir aucune pensée de m'offenser ; et cependant, le même jour, vous prenez la hardiesse de venir chez moi me rendre visite, de me dire

notes

1. mesures : précautions.

2. ne faites pas semblant de rien : ne montrez pas votre inquiétude.

3. que vous faites des desseins de me solliciter : que vous projetez de me séduire.

que vous m'aimez, et de me faire cent sots contes pour me persuader de répondre à vos extravagances : comme si j'étais femme à violer la foi que j'ai donnée à un mari, et m'éloigner à jamais de la vertu que mes parents m'ont enseignée. Si mon père savait cela, il vous apprendrait bien à tenter de ces entreprises. Mais une honnête femme n'aime point les éclats ; je n'ai garde de lui en rien dire, et je veux vous montrer que, toute femme que je suis, j'ai assez de courage pour me venger moi-même des offenses que l'on me fait. L'action que vous avez faite n'est pas d'un gentilhomme, et ce n'est pas en gentilhomme aussi que je veux vous traiter. *(Elle prend un bâton et bat son mari, au lieu de Clitandre, qui se met entre deux.)*

CLITANDRE – Ah ! ah ! ah ! ah ! ah ! doucement.

CLAUDINE – Fort, Madame, frappez comme il faut.

ANGÉLIQUE – S'il vous demeure quelque chose sur le cœur, je suis pour[1] vous répondre.

CLAUDINE – Apprenez à qui vous vous jouez.

ANGÉLIQUE – Ah mon père, vous êtes là !

MONSIEUR DE SOTENVILLE – Oui, ma fille, et je vois qu'en sagesse et en courage tu te montres un digne rejeton de la maison de Sotenville. Viens çà[2], approche-toi que je t'embrasse.

MADAME DE SOTENVILLE – Embrasse-moi aussi, ma fille. Las ! je pleure de joie, et reconnais mon sang aux choses que tu viens de faire.

notes

1. je suis pour : je suis prête à.

2. çà : ici.

MONSIEUR DE SOTENVILLE – Mon gendre, que vous devez être ravi, et que cette aventure est pour vous pleine de douceurs ! Vous aviez un juste sujet de vous alarmer ; mais vos soupçons se trouvent dissipés le plus avantageusement du monde.

MADAME DE SOTENVILLE – Sans doute, notre gendre, et vous devez maintenant être le plus content des hommes.

CLAUDINE – Assurément. Voilà une femme, celle-là. Vous êtes trop heureux de l'avoir, et vous devriez baiser les pas où elle passe.

GEORGE DANDIN – Euh ! traîtresse !

MONSIEUR DE SOTENVILLE – Qu'est-ce, mon gendre ? Que ne remerciez-vous un peu votre femme de l'amitié que vous voyez qu'elle montre pour vous ?

ANGÉLIQUE – Non, non, mon père, il n'est pas nécessaire. Il ne m'a aucune obligation de ce qu'il vient de voir, et tout ce que j'en fais n'est que pour l'amour de moi-même.

MONSIEUR DE SOTENVILLE – Où allez-vous, ma fille ?

ANGÉLIQUE – Je me retire, mon père, pour ne me voir point obligée à recevoir ses compliments.

CLAUDINE – Elle a raison d'être en colère. C'est une femme qui mérite d'être adorée, et vous ne la traitez pas comme vous devriez.

GEORGE DANDIN – Scélérate !

MONSIEUR DE SOTENVILLE – C'est un petit ressentiment de l'affaire de tantôt, et cela se passera avec un peu de caresse que vous lui ferez. Adieu, mon gendre, vous voilà en état de ne vous plus inquiéter. Allez-vous-en faire la paix ensemble, et tâchez de l'apaiser par des excuses de votre emportement.

MADAME DE SOTENVILLE – Vous devez considérer que c'est une jeune fille élevée à la vertu, et qui n'est point accoutumée à se voir soupçonner d'aucune vilaine action. Adieu. Je suis ravie de voir vos désordres finis et des transports de joie que vous doit donner sa conduite.

GEORGE DANDIN – Je ne dis mot, car je ne gagnerais rien à parler, et jamais il ne s'est rien vu d'égal à ma disgrâce. Oui, j'admire mon malheur, et la subtile adresse de ma carogne[1] de femme pour se donner toujours raison, et me faire avoir tort. Est-il possible que toujours j'aurai du dessous[2] avec elle, que les apparences toujours tourneront contre moi, et que je ne parviendrai point à convaincre mon effrontée ? Ô Ciel, seconde mes desseins, et m'accorde la grâce de faire voir aux gens que l'on me déshonore.

notes

1. carogne : charogne, femme de mauvaise vie.

2. j'aurai du dessous : j'aurai tort.

Au fil du texte

Questions sur l'acte II, scène 8 (pages 60 à 63)

QUE S'EST-IL PASSÉ ENTRE-TEMPS ?

1. Comment George Dandin a-t-il appris qu'Angélique projetait de le tromper, à la scène 5 ?

2. Qui veut-il aller chercher, à la scène 6, pour faire apparaître la tromperie de sa femme ?

3. Qui parle à la scène 6 ? Comment appelle-t-on ce type de scène ?

4. Pour quelles raisons les beaux-parents ne font-ils pas confiance à George Dandin, à la scène 7 ?

AVEZ-VOUS BIEN LU ?

5. Qui est présent à cette scène ?

6. Quel stratagème emploie Angélique pour se disculper ?

7. Sur qui frappe Angélique ? Qui fait-elle mine de frapper ?

8. Pourquoi Angélique sort-elle de scène avant la fin ?

ÉTUDIER LE VOCABULAIRE ET LA GRAMMAIRE

9. Des lignes 399 à 415, relevez les tournures négatives et dites laquelle est une négation restrictive.

10. Analysez la phrase *« Si mon père* [...] *entreprises. »* (lignes 363-364).

11. Dites comment est composé le dernier mot de la scène 8. Proposez d'autres mots de la même famille*.

12. Dans la tirade* finale de George Dandin, relevez deux adverbes de temps antonymes*. Expliquez en quoi ils traduisent le désespoir de Dandin.

ÉTUDIER LE DISCOURS : LA TIRADE D'ANGÉLIQUE (LIGNES 349 À 369)

13. À qui Angélique s'adresse-t-elle successivement ? Répondez en vous appuyant sur le texte et la didascalie*.

14. Par qui veut-elle être entendue ? Dans quel but ?

15. À l'aide de vos réponses aux questions précédentes, expliquez en quoi l'attitude d'Angélique est un stratagème pour mettre en scène son innocence.

16. Compte tenu de l'acte précédent, pourquoi Monsieur et Madame de Sotenville devraient-ils douter de la sincérité d'Angélique ?

famille de mots : **ensemble de mots formés sur le même radical.**

tirade : **réplique longue.**

antonyme : **mot dont le sens est opposé à celui d'un autre.**

didascalie : **indication de mise en scène, généralement composée en italique.**

ÉTUDIER LE GENRE : LE COMIQUE DE FARCE

17. De la ligne 369 à 373 :
– Qui frappe qui ?
– Qui reçoit les coups ?
– Cette situation est-elle vraisemblable ? Pourquoi ?

Étudier l'écriture

18. Des lignes 420 à 428, relevez les différents procédés à l'aide desquels le désespoir de George Dandin est mis en scène : exagération* et hyperbole*, fausses questions, apostrophes.

Étudier la fonction de l'acte II

exagération : **figure de rhétorique consistant à grossir le trait.**

hyperbole : **figure de rhétorique consistant à présenter une chose de manière superlative.**

19. Dites en quoi cet acte répète le précédent.

20. Dites en quoi, toutefois, l'action a progressé entre les deux actes.

À vos plumes !

21. Comme Angélique, vous êtes l'auteur d'une tromperie. Racontez votre stratagème pour ne pas être découvert(e).

Acte III

Scène 1

CLITANDRE, LUBIN

CLITANDRE – La nuit est avancée, et j'ai peur qu'il ne soit trop tard. Je ne vois point à[1] me conduire[2]. Lubin !

LUBIN – Monsieur ?

CLITANDRE – Est-ce par ici ?

LUBIN – Je pense que oui. Morgué[3] ! voilà une sotte nuit, d'être si noire que cela.

CLITANDRE – Elle a tort assurément ; mais si d'un côté elle nous empêche de voir, elle empêche de l'autre que nous ne soyons vus.

notes

1. point à : pas assez pour.

2. me conduire : me guider, trouver mon chemin.

3. morgué : comme « morguéne », juron paysan correspondant à morbleu (mort de Dieu).

LUBIN – Vous avez raison, elle n'a pas tant de tort. Je voudrais bien savoir, Monsieur, vous qui êtes savant, pourquoi il ne fait point jour la nuit.

CLITANDRE – C'est une grande question, et qui est difficile. Tu es curieux, Lubin.

LUBIN – Oui. Si j'avais étudié, j'aurais été songer à des choses où on n'a jamais songé.

CLITANDRE – Je le crois. Tu as la mine d'avoir l'esprit subtil et pénétrant.

LUBIN – Cela est vrai. Tenez, j'explique du latin, quoique jamais je ne l'aie appris, et voyant l'autre jour écrit sur une grande porte *collegium*, je devinai que cela voulait dire collège.

CLITANDRE – Cela est admirable ! Tu sais donc lire, Lubin ?

LUBIN – Oui, je sais lire la lettre moulée[1] ; mais je n'ai jamais su apprendre à lire l'écriture.

CLITANDRE – Nous voici contre la maison. C'est le signal que m'a donné Claudine.

LUBIN – Par ma foi ! c'est une fille qui vaut de l'argent, et je l'aime de tout mon cœur.

CLITANDRE – Aussi t'ai-je amené avec moi pour l'entretenir.

LUBIN – Monsieur, je vous suis…

CLITANDRE – Chut ! J'entends quelque[2] bruit.

notes

1. la lettre moulée : les caractères d'imprimerie.

2. quelque : du, un peu de.

Scène 2

ANGÉLIQUE, CLAUDINE, CLITANDRE, LUBIN

ANGÉLIQUE – Claudine.

CLAUDINE – Hé bien ?

ANGÉLIQUE – Laisse la porte entrouverte.

CLAUDINE – Voilà qui est fait.

CLITANDRE – Ce sont elles. St[1].

ANGÉLIQUE – St.

LUBIN – St.

CLAUDINE – St.

CLITANDRE, *à Claudine* – Madame.

ANGÉLIQUE, *à Lubin* – Quoi ?

LUBIN, *à Angélique* – Claudine.

CLAUDINE, *à Clitandre* – Qu'est-ce ?

CLITANDRE, *à Claudine* – Ah ! Madame, que j'ai de joie !

LUBIN, *à Angélique* – Claudine, ma pauvre Claudine.

CLAUDINE, *à Clitandre* – Doucement, Monsieur.

ANGÉLIQUE, *à Lubin* – Tout beau, Lubin.

CLITANDRE – Est-ce toi, Claudine ?

CLAUDINE – Oui.

LUBIN – Est-ce vous, Madame ?

ANGÉLIQUE – Oui.

CLAUDINE – Vous avez pris l'une pour l'autre.

note

1. *st* : onomatopée signifiant « chut ».

LUBIN – Ma foi, la nuit, on n'y voit goutte.

ANGÉLIQUE – Est-ce pas vous, Clitandre ?

CLITANDRE – Oui, Madame.

ANGÉLIQUE – Mon mari ronfle comme il faut, et j'ai pris ce temps pour nous entretenir ici.

CLITANDRE – Cherchons quelque lieu pour nous asseoir.

CLAUDINE – C'est fort bien avisé.

(Ils vont s'asseoir au fond du théâtre.)

LUBIN – Claudine, où est-ce que tu es ?

Scène 3

GEORGE DANDIN, LUBIN

GEORGE DANDIN – J'ai entendu descendre ma femme, et je me suis vite habillé pour descendre après elle. Où peut-elle être allée ? Serait-elle sortie ?

LUBIN. *Il prend George Dandin pour Claudine* – Où es-tu donc, Claudine ? Ah ! te voilà. Par ma foi, ton maître est plaisamment attrapé, et je trouve ceci aussi drôle que les coups de bâton de tantôt dont on m'a fait récit. Ta maîtresse dit qu'il ronfle, à cette heure, comme tous les diantres[1], et il ne sait pas que Monsieur le Vicomte et elle

note

1. diantres : diables ; le mot a valeur d'hyperbole et signifie qu'il ronfle fort et qu'il dort profondément.

sont ensemble pendant qu'il dort. Je voudrais bien savoir quel songe il fait maintenant. Cela est tout à fait risible ! De quoi s'avise-t-il aussi d'être jaloux de sa femme, et de vouloir qu'elle soit à lui tout seul ? C'est un impertinent, et Monsieur le Vicomte lui fait trop d'honneur. Tu ne dis mot, Claudine. Allons, suivons-les, et me donne ta petite menotte que je la baise. Ah ! que cela est doux ! il me semble que je mange des confitures. *(Comme il baise la main de Dandin, Dandin la lui pousse rudement au visage.)* Tubleu[1] ! comme vous y allez ! Voilà une petite menotte qui est un peu rude.

GEORGE DANDIN – Qui va là ?

LUBIN – Personne.

GEORGE DANDIN – Il fuit, et me laisse informé de la nouvelle perfidie de ma coquine. Allons, il faut que sans tarder j'envoie appeler son père et sa mère, et que cette aventure me serve à me faire séparer d'elle. Holà ! Colin, Colin.

note

1. tubleu : juron de comédie ; euphémisme pour « tue-Dieu ».

Au fil du texte

Questions sur l'acte III, scènes 1, 2 et 3 (pages 67 à 71)

Avez-vous bien lu ?

1. À quel moment de la journée se déroulent les scènes 1 et 2 ? Justifiez votre réponse par un élément du texte.

2. Quels personnages se rencontrent à la scène 2 ?

3. Avec qui parle Clitandre ? Avec qui croit-il parler ?

4. Avec qui parle Lubin ? Avec qui croit-il parler ?

5. À la scène 3, qui entre en scène ?

ironie **: figure de style qui consiste à dire le contraire de ce qu'on veut laisser entendre.**

Étudier le vocabulaire et la grammaire

6. Quel verbe est à la voix passive dans : *« mais si d'un côté elle nous empêche de voir, elle empêche de l'autre que nous ne soyons vus »*, lignes 7 à 9 ?

a) Donnez son sujet.

b) A-t-il un complément d'agent ?

7. À la scène 3, trouvez un verbe employé à la voix passive, puis donnez son sujet. A-t-il un complément d'agent ?

8. Donnez le sens de *« subtil »* et de *« pénétrant »*, aux lignes 17 et 18. Employez ces mots dans une autre phrase où ils auront le même sens.

Étudier le discours

9. En quoi, dans les formules suivantes de la scène 1, Clitandre fait-il preuve d'ironie* envers Lubin ?

– « *Elle a tort assurément* » (ligne 7) ;
– « *C'est une grande question, et qui est difficile* » (ligne 13) ;
– « *Tu as la mine d'avoir l'esprit subtil et pénétrant* » (lignes 17-18).

10. Trouvez, dans la scène 1, un autre exemple de l'ironie de Clitandre.

11. Comment George Dandin apprend-il la tromperie de sa femme, à la scène 3 ?

ÉTUDIER LE GENRE : LES DIFFÉRENTS TYPES DE COMIQUES*

12. Les scènes 2 et 3 sont marquées par des quiproquos*. Quel élément de la scène 1 permet ces quiproquos ?

13. Quel est le rôle des didascalies de la scène 2 ?

14. Expliquez en quoi le comique des scènes 2 et 3 est un comique de situation.

15. Montrez que le personnage de Lubin est un exemple de comique de caractère.

16. Dans la scène 1, relevez des exemples de comique de mot.

17. Dans les scènes 2 et 3, relevez des exemples de comique de geste.

ÉTUDIER UN THÈME : LA PARODIE* DE LA RENCONTRE AMOUREUSE

18. La scène 2 devrait être la scène de la rencontre des deux amants, Angélique et Clitandre. Parviennent-ils à se rencontrer ?

quiproquo : **littéralement « ceci pour cela » ; comique de situation fondé sur l'erreur : un personnage croit parler à quelqu'un alors qu'il parle à quelqu'un d'autre, ou bien ses propos sont interprétés de travers.**

types de comiques : **effets comiques qui peuvent être :**
– de situation (fondé sur la situation) ;
– de caractère (un aspect du caractère d'un personnage est exagéré jusqu'à la drôlerie) ;
– de mot (jeux de mots, mots déformés) ;
– de geste (mouvements, soufflets, coups).

parodie : **texte littéraire qui imite un genre ou un auteur connu pour s'en moquer.**

19. Sont-ils seuls un moment ?

20. Réussissent-ils à se parler ? À quel moment de la scène ?

21. Que se passe-t-il à ce moment-là ?

MISE EN SCÈNE

22. En rédigeant des didascalies*, dites comment les personnages sont placés sur la scène les uns par rapport aux autres et comment ils se déplacent.

***didascalie* : indication de mise en scène, généralement composée en italique.**

À VOS PLUMES !

23. Imaginez le dialogue que pourraient tenir Clitandre et Angélique s'ils parvenaient à rester seuls avant l'arrivée de Dandin. Vous utiliserez des tournures passives dans les répliques (par exemple : je suis aimé de vous, je suis habité par votre image...).

24. Expliquez, en un paragraphe, en quoi le couple formé par Lubin et Claudine est une parodie du couple formé par Angélique et Clitandre.

Scène 4

COLIN, GEORGE DANDIN

COLIN, *à la fenêtre* – Monsieur.

GEORGE DANDIN – Allons vite, ici-bas.

COLIN, *en sautant par la fenêtre* – M'y voilà ! on ne peut pas plus vite.

GEORGE DANDIN – Tu es là ?

COLIN – Oui, Monsieur.

(Pendant qu'il va lui parler d'un côté, Colin va de l'autre.)

GEORGE DANDIN – Doucement. Parle bas. Écoute. Va-t'en chez mon beau-père et ma belle-mère, et dis que je les prie très instamment de venir tout à l'heure ici. Entends-tu ? Eh ? Colin, Colin.

COLIN, *de l'autre côté* – Monsieur.

GEORGE DANDIN – Où diable es-tu ?

COLIN – Ici.

(Comme ils se vont tous deux chercher, l'un passe d'un côté, et l'autre de l'autre.)

GEORGE DANDIN – Peste soit du maroufle[1] qui s'éloigne de moi ! Je te dis que tu ailles de ce pas trouver mon beau-père et ma belle-mère, et leur dire que je les conjure[2] de se rendre ici tout à l'heure. M'entends-tu bien ? Réponds. Colin, Colin.

COLIN, *de l'autre côté* – Monsieur.

notes

1. maroufle : fripon, homme grossier.

2. conjure : prie, supplie.

GEORGE DANDIN – Voilà un pendard qui me fera enrager. Viens-t'en à moi. *(Ils se cognent.)* Ah ! le traître ! il m'a estropié. Où est-ce que tu es ? Approche, que je te donne mille coups. Je pense qu'il me fuit.

COLIN – Assurément.

GEORGE DANDIN – Veux-tu venir ?

COLIN – Nenni, ma foi !

GEORGE DANDIN – Viens, te dis-je.

COLIN – Point : vous me voulez battre.

GEORGE DANDIN – Hé bien ! non. Je ne te ferai rien.

COLIN – Assurément ?

GEORGE DANDIN – Oui. Approche. Bon. Tu es bien heureux de ce que j'ai besoin de toi. Va-t'en vite de ma part prier mon beau-père et ma belle-mère de se rendre ici le plus tôt qu'ils pourront, et leur dis que c'est pour une affaire de la dernière conséquence[1] ; et s'ils faisaient quelque difficulté à cause de l'heure, ne manque pas de les presser, et de leur bien faire entendre qu'il est très important qu'ils viennent, en quelque état qu'ils soient. Tu m'entends bien maintenant ?

COLIN – Oui, Monsieur.

GEORGE DANDIN – Va vite, et reviens de même. Et moi, je vais rentrer dans ma maison, attendant que… Mais j'entends quelqu'un. Ne serait-ce point ma femme ? Il faut que j'écoute, et me serve de l'obscurité qu'il fait.

note

1. de la dernière conséquence : de très grande importance.

Scène 5

CLITANDRE, ANGÉLIQUE, GEORGE DANDIN, CLAUDINE, LUBIN

ANGÉLIQUE – Adieu. Il est temps de se retirer.

CLITANDRE – Quoi ? si tôt ?

ANGÉLIQUE – Nous nous sommes assez entretenus.

CLITANDRE – Ah ! Madame, puis-je assez vous entretenir, et trouver en si peu de temps toutes les paroles dont j'ai besoin ? Il me faudrait des journées entières pour me bien expliquer à vous de tout ce que je sens, et je ne vous ai pas dit encore la moindre partie de ce que j'ai à vous dire.

ANGÉLIQUE – Nous en écouterons une autre fois davantage.

CLITANDRE – Hélas ! de quel coup me percez-vous l'âme lorsque vous parlez de vous retirer, et avec combien de chagrins m'allez-vous laisser maintenant ?

ANGÉLIQUE – Nous trouverons moyen de nous revoir.

CLITANDRE – Oui ; mais je songe qu'en me quittant, vous allez trouver un mari. Cette pensée m'assassine, et les privilèges qu'ont les maris sont des choses cruelles pour un amant qui aime bien.

ANGÉLIQUE – Serez-vous assez fou pour avoir cette inquiétude, et pensez-vous qu'on soit capable d'aimer de certains maris qu'il y a ? On les prend, parce qu'on ne s'en peut défendre, et que l'on dépend des parents qui n'ont des yeux que pour le bien ; mais on sait leur rendre justice, et l'on se moque fort de les considérer au-delà de ce qu'ils méritent.

GEORGE DANDIN – Voilà nos carognes[1] de femmes.

note

1. carognes : charognes.

CLITANDRE – Ah ! qu'il faut avouer que celui qu'on vous a donné était peu digne de l'honneur qu'il a reçu, et que c'est une étrange chose que l'assemblage qu'on a fait d'une personne comme vous avec un homme comme lui !

GEORGE DANDIN, *à part* – Pauvres maris ! voilà comme on vous traite.

CLITANDRE – Vous méritez sans doute une toute autre destinée, et le Ciel ne vous a point faite pour être la femme d'un paysan.

GEORGE DANDIN – Plût au Ciel fût-elle[1] la tienne ! tu changerais bien de langage. Rentrons ; c'en est assez.

(Il entre et ferme la porte.)

CLAUDINE – Madame, si vous avez à dire du mal de votre mari, dépêchez vite, car il est tard.

CLITANDRE – Ah ! Claudine, que tu es cruelle !

ANGÉLIQUE – Elle a raison. Séparons-nous.

CLITANDRE – Il faut donc s'y résoudre, puisque vous le voulez. Mais au moins je vous conjure de me plaindre un peu des méchants moments que je vais passer.

ANGÉLIQUE – Adieu.

LUBIN – Où es-tu, Claudine, que je te donne le bonsoir ?

CLAUDINE – Va, va, je le reçois de loin, et je t'en renvoie autant.

note

1. fût-elle : qu'elle fût.

Scène 6

ANGÉLIQUE, CLAUDINE, GEORGE DANDIN

ANGÉLIQUE – Rentrons sans faire de bruit.

CLAUDINE – La porte s'est fermée.

ANGÉLIQUE – J'ai le passe-partout.

CLAUDINE – Ouvrez donc doucement.

ANGÉLIQUE – On a fermé en dedans, et je ne sais comment nous ferons.

CLAUDINE – Appelez le garçon qui couche là.

ANGÉLIQUE – Colin, Colin, Colin.

GEORGE DANDIN, *mettant la tête à sa fenêtre* – Colin, Colin ? ah ! je vous y prends donc, Madame ma femme, et vous faites des escampativos[1] pendant que je dors. Je suis bien aise de cela, et de vous voir dehors à l'heure qu'il est.

ANGÉLIQUE – Hé bien ! quel grand mal est-ce qu'il y a à prendre le frais de la nuit ?

GEORGE DANDIN – Oui, oui, l'heure est bonne à prendre le frais. C'est bien plutôt le chaud, Madame la coquine ; et nous savons toute l'intrigue du rendez-vous et du damoiseau. Nous avons entendu votre galant entretien, et les beaux vers à ma louange que vous avez dits l'un et l'autre. Mais ma consolation, c'est que je vais être vengé, et que votre père et votre mère seront convaincus maintenant de la justice de mes plaintes, et du dérèglement de votre conduite. Je les ai envoyé quérir, et ils vont être ici dans un moment.

note

1. *vous faites des escampativos :* vous vous échappez furtivement ; forme burlesque dérivée de s'escamper.

ANGÉLIQUE – Ah Ciel !

CLAUDINE – Madame.

GEORGE DANDIN –Voilà un coup sans doute où vous ne vous attendiez pas. C'est maintenant que je triomphe, et j'ai de quoi mettre à bas votre orgueil, et détruire vos artifices. Jusques ici vous avez joué mes accusations, ébloui vos parents, et plâtré vos malversations[1]. J'ai eu beau voir, et beau dire, et votre adresse toujours l'a emporté sur mon bon droit, et toujours vous avez trouvé moyen d'avoir raison ; mais à cette fois, Dieu merci, les choses vont être éclaircies, et votre effronterie sera pleinement confondue.

ANGÉLIQUE – Hé ! je vous prie, faites-moi ouvrir la porte.

GEORGE DANDIN – Non, non ; il faut attendre la venue de ceux que j'ai mandés, et je veux qu'ils vous trouvent dehors à la belle heure qu'il est. En attendant qu'ils viennent, songez, si vous voulez, à chercher dans votre tête quelque nouveau détour pour vous tirer de cette affaire, à inventer quelque moyen de rhabiller votre escapade, à trouver quelque belle ruse pour éluder[2] ici les gens et paraître innocente, quelque prétexte spécieux de pèlerinage nocturne, ou d'amie en travail d'enfant, que vous veniez de secourir.

ANGÉLIQUE – Non : mon intention n'est pas de vous rien déguiser. Je ne prétends point me défendre, ni vous nier les choses, puisque vous les savez.

notes

1. plâtré vos malversations : caché votre mauvaise conduite.

2. éluder : tromper.

GEORGE DANDIN – C'est que vous voyez bien que tous les moyens vous en sont fermés, et que dans cette affaire vous ne sauriez inventer d'excuse qu'il ne me soit facile de convaincre de fausseté.

ANGÉLIQUE – Oui, je confesse que j'ai tort, et que vous avez sujet de vous plaindre. Mais je vous demande par grâce de ne m'exposer point maintenant à la mauvaise humeur de mes parents, et de me faire promptement ouvrir.

GEORGE DANDIN – Je vous baise les mains.

ANGÉLIQUE – Eh ! mon pauvre petit mari, je vous en conjure.

GEORGE DANDIN – Ah ! mon pauvre petit mari ? Je suis votre petit mari maintenant, parce que vous vous sentez prise. Je suis bien aise de cela, et vous ne vous étiez jamais avisée de me dire de ces douceurs.

ANGÉLIQUE – Tenez, je vous promets de ne vous plus donner aucun sujet de déplaisir, et de me…

GEORGE DANDIN – Tout cela n'est rien. Je ne veux point perdre cette aventure, et il m'importe qu'on soit une fois éclairci à fond de vos déportements[1].

ANGÉLIQUE – De grâce, laissez-moi vous dire. Je vous demande un moment d'audience.

GEORGE DANDIN – Hé bien, quoi ?

ANGÉLIQUE – Il est vrai que j'ai failli, je vous l'avoue encore une fois, et que votre ressentiment est juste ; que j'ai pris le temps de sortir pendant que vous dormiez, et que cette sortie est un rendez-vous que j'avais donné à la personne

note

1. déportements : mauvaises actions.

que vous dites. Mais enfin ce sont des actions que vous devez pardonner à mon âge ; des emportements de jeune personne qui n'a encore rien vu, et ne fait que d'entrer au monde ; des libertés où l'on s'abandonne sans y penser de mal, et qui sans doute dans le fond n'ont rien de…

GEORGE DANDIN – Oui, vous le dites, et ce sont de ces choses qui ont besoin qu'on les croie pieusement[1].

ANGÉLIQUE – Je ne veux point m'excuser par là d'être coupable envers vous, et je vous prie seulement d'oublier une offense dont je vous demande pardon de tout mon cœur, et de m'épargner en cette rencontre le déplaisir que me pourraient causer les reproches fâcheux de mon père et de ma mère. Si vous m'accordez généreusement la grâce que je vous demande, ce procédé obligeant, cette bonté que vous me ferez voir, me gagnera entièrement. Elle touchera tout à fait mon cœur, et y fera naître pour vous ce que tout le pouvoir de mes parents et les liens du mariage n'avaient pu y jeter. En un mot, elle sera cause que je renoncerai à toutes les galanteries, et n'aurai de l'attachement que pour vous. Oui, je vous donne ma parole que vous m'allez voir désormais la meilleure femme du monde, et que je vous témoignerai tant d'amitié, tant d'amitié, que vous en serez satisfait.

GEORGE DANDIN – Ah ! crocodile, qui flatte les gens pour les étrangler.

ANGÉLIQUE – Accordez-moi cette faveur.

GEORGE DANDIN – Point d'affaires[2]. Je suis inexorable.

notes

1. qu'on les croie pieusement : c'est-à-dire sans les vérifier, comme une révélation de la foi.

2. point d'affaires : pas d'arrangement possible.

ANGÉLIQUE – Montrez-vous généreux.

GEORGE DANDIN – Non.

ANGÉLIQUE – De grâce !

ANGÉLIQUE – Je vous en conjure de tout mon cœur !

GEORGE DANDIN – Non, non, non. Je veux qu'on soit détrompé de vous, et que votre confusion éclate.

ANGÉLIQUE – Hé bien ! si vous me réduisez au désespoir, je vous avertis qu'une femme en cet état est capable de tout, et que je ferai quelque chose ici dont vous vous repentirez.

GEORGE DANDIN – Et que ferez-vous, s'il vous plaît ?

ANGÉLIQUE – Mon cœur se portera jusqu'aux extrêmes résolutions, et de ce couteau que voici je me tuerai sur la place.

GEORGE DANDIN – Ah ! ah ! à la bonne heure !

ANGÉLIQUE – Pas tant à la bonne heure pour vous que vous vous imaginez. On sait de tous côtés nos différends, et les chagrins perpétuels que vous concevez contre moi. Lorsqu'on me trouvera morte, il n'y aura personne qui mette en doute que ce ne soit vous qui m'aurez tuée ; et mes parents ne sont pas gens assurément à laisser cette mort impunie, et ils en feront sur votre personne toute la punition que leur pourront offrir et les poursuites de la justice, et la chaleur de leur ressentiment. C'est par là que je trouverai moyen de me venger de vous, et je ne suis pas la première qui ait su recourir à de pareilles vengeances, qui n'ait pas fait difficulté de se donner la mort pour perdre ceux qui ont la cruauté de nous pousser à la dernière extrémité.

GEORGE DANDIN – Je suis votre valet. On ne s'avise plus de se tuer soi-même, et la mode en est passée il y a longtemps.

ANGÉLIQUE – C'est une chose dont vous pouvez vous tenir sûr ; et si vous persistez dans votre refus, si vous ne me faites ouvrir, je vous jure que tout à l'heure je vais vous faire voir jusques où peut aller la résolution d'une personne qu'on met au désespoir.

GEORGE DANDIN – Bagatelles, bagatelles. C'est pour me faire peur.

ANGÉLIQUE – Hé bien ! puisqu'il le faut, voici qui nous contentera tous deux, et montrera si je me moque. Ah ! c'en est fait. Fasse le Ciel que ma mort soit vengée comme je le souhaite, et que celui qui en est cause reçoive un juste châtiment de la dureté qu'il a eue pour moi !

GEORGE DANDIN – Ouais ! serait-elle bien si malicieuse que de s'être tuée pour me faire pendre ? Prenons un bout de chandelle pour aller voir.

ANGÉLIQUE – St. Paix ! Rangeons-nous chacune immédiatement contre un des côtés de la porte.

GEORGE DANDIN – La méchanceté d'une femme irait-elle bien jusque-là ? *(Il sort avec un bout de chandelle, sans les apercevoir ; elles entrent ; aussitôt elles ferment la porte.)* Il n'y a personne. Eh ! je m'en étais bien douté, et la pendarde s'est retirée, voyant qu'elle ne gagnait rien après moi, ni par prières ni par menaces. Tant mieux ! cela rendra ses affaires encore plus mauvaises, et le père et la mère qui vont venir en verront mieux son crime. Ah ! ah ! la porte s'est fermée. Holà ! ho ! quelqu'un ! qu'on m'ouvre promptement !

ANGÉLIQUE, *à la fenêtre avec Claudine* – Comment ? c'est toi ! D'où viens-tu, bon pendard ? Est-il l'heure de revenir chez soi quand le jour est près de paraître ? et cette manière de vie est-elle celle que doit suivre un honnête mari ?

George Dandin, acte III, scène 6, gravure.

CLAUDINE – Cela est-il beau d'aller ivrogner toute la nuit ? et de laisser ainsi toute seule une pauvre jeune femme dans la maison ?

GEORGE DANDIN – Comment ? vous avez…

ANGÉLIQUE – Va, va, traître, je suis lasse de tes déportements, et je m'en veux plaindre, sans plus tarder, à mon père et à ma mère.

GEORGE DANDIN – Quoi ? c'est ainsi que vous osez…

Scène 7

MONSIEUR ET MADAME DE SOTENVILLE, CLAUDINE, COLIN, ANGÉLIQUE, GEORGE DANDIN

(Monsieur et Madame de Sotenville sont en habits de nuit, et conduits par Colin, qui porte une lanterne.)

ANGÉLIQUE – Approchez, de grâce, et venez me faire raison de l'insolence la plus grande du monde d'un mari à qui le vin et la jalousie ont troublé de telle sorte la cervelle, qu'il ne sait plus ni ce qu'il dit ni ce qu'il fait, et vous a lui-même envoyé quérir pour vous faire témoins de l'extravagance la plus étrange dont on ait jamais ouï parler. Le voilà qui revient comme vous voyez, après s'être fait attendre toute la nuit ; et, si vous voulez l'écouter, il vous dira qu'il a les plus grandes plaintes du monde à vous faire de moi ; que durant qu'il dormait, je me suis dérobée d'auprès de lui pour m'en aller courir, et cent autres contes de même nature qu'il est allé rêver.

GEORGE DANDIN – Voilà une méchante carogne[1].

CLAUDINE – Oui, il nous a voulu faire accroire[2] qu'il était dans la maison, et que nous en étions dehors, et c'est une folie qu'il n'y a pas moyen de lui ôter de la tête.

MONSIEUR DE SOTENVILLE – Comment, qu'est-ce à dire cela ?

MADAME DE SOTENVILLE – Voilà une furieuse impudence que de nous envoyer quérir.

GEORGE DANDIN – Jamais…

ANGÉLIQUE – Non, mon père, je ne puis plus souffrir un mari de la sorte. Ma patience est poussée à bout, et il vient de me dire cent paroles injurieuses.

MONSIEUR DE SOTENVILLE – Corbleu[3] ! vous êtes un malhonnête homme.

CLAUDINE – C'est une conscience[4] de voir une pauvre jeune femme traitée de la façon, et cela crie vengeance au Ciel.

GEORGE DANDIN – Peut-on… ?

MADAME DE SOTENVILLE – Allez, vous devriez mourir de honte.

GEORGE DANDIN – Laissez-moi vous dire deux mots.

ANGÉLIQUE – Vous n'avez qu'à l'écouter, il va vous en conter de belles.

GEORGE DANDIN – Je désespère.

notes

1. carogne : charogne.

2. accroire : croire.

3. corbleu : juron, euphémisme pour « corps de Dieu ».

4. une conscience : un cas de conscience, un fait qui choque l'honnêteté.

CLAUDINE – Il a tant bu, que je ne pense pas qu'on puisse durer contre lui, et l'odeur du vin qu'il souffle est montée jusqu'à nous.

GEORGE DANDIN – Monsieur mon beau-père, je vous conjure…

MONSIEUR DE SOTENVILLE – Retirez-vous : vous puez le vin à pleine bouche.

GEORGE DANDIN – Madame, je vous prie…

MADAME DE SOTENVILLE – Fi ! ne m'approchez pas : votre haleine est empestée.

GEORGE DANDIN – Souffrez que je vous…

MONSIEUR DE SOTENVILLE – Retirez-vous, vous dis-je : on ne peut vous souffrir[1].

GEORGE DANDIN – Permettez, de grâce, que…

MADAME DE SOTENVILLE – Poua ! vous m'engloutissez le cœur. Parlez de loin, si vous voulez.

GEORGE DANDIN – Hé bien oui, je parle de loin. Je vous jure que je n'ai bougé de chez moi, et que c'est elle qui est sortie.

ANGÉLIQUE – Ne voilà pas ce que je vous ai dit ?

CLAUDINE – Vous voyez quelle apparence il y a.

MONSIEUR DE SOTENVILLE – Allez, vous vous moquez des gens. Descendez, ma fille, et venez ici.

GEORGE DANDIN – J'atteste le Ciel que j'étais dans la maison, et que…

note

1. souffrir : supporter.

MADAME DE SOTENVILLE – Taisez-vous, c'est une extravagance qui n'est pas supportable.

GEORGE DANDIN – Que la foudre m'écrase tout à l'heure si… !

MONSIEUR DE SOTENVILLE – Ne nous rompez pas davantage la tête, et songez à demander pardon à votre femme.

GEORGE DANDIN – Moi, demander pardon ?

MONSIEUR DE SOTENVILLE – Oui, pardon, et sur-le-champ.

GEORGE DANDIN – Quoi ? Je…

MONSIEUR DE SOTENVILLE – Corbleu ! si vous me répliquez, je vous apprendrai ce que c'est que de vous jouer à nous.

GEORGE DANDIN – Ah, George Dandin !

MONSIEUR DE SOTENVILLE – Allons, venez, ma fille, que votre mari vous demande pardon.

ANGÉLIQUE, *descendue* – Moi ? lui pardonner tout ce qu'il m'a dit ? Non, non, mon père, il m'est impossible de m'y résoudre, et je vous prie de me séparer d'un mari avec lequel je ne saurais plus vivre.

CLAUDINE – Le moyen d'y résister ?

MONSIEUR DE SOTENVILLE – Ma fille, de semblables séparations ne se font point sans grand scandale, et vous devez vous montrer plus sage que lui, et patienter encore cette fois.

ANGÉLIQUE – Comment patienter après de telles indignités ? Non, mon père, c'est une chose où je ne puis consentir.

MONSIEUR DE SOTENVILLE – Il le faut, ma fille, et c'est moi qui vous le commande.

ANGÉLIQUE – Ce mot me ferme la bouche, et vous avez sur moi une puissance absolue.

CLAUDINE – Quelle douceur !

ANGÉLIQUE – Il est fâcheux d'être contrainte d'oublier de telles injures ; mais quelle[1] violence que je me fasse, c'est à moi de vous obéir.

CLAUDINE – Pauvre mouton !

MONSIEUR DE SOTENVILLE – Approchez.

ANGÉLIQUE – Tout ce que vous me faites faire ne servira de rien, et vous verrez que ce sera dès demain à recommencer.

MONSIEUR DE SOTENVILLE – Nous y donnerons ordre. Allons, mettez-vous à genoux.

GEORGE DANDIN – À genoux ?

MONSIEUR DE SOTENVILLE – Oui, à genoux, et sans tarder.

GEORGE DANDIN. *Il se met à genoux* – Ô Ciel ! Que faut-il dire ?

MONSIEUR DE SOTENVILLE – « Madame, je vous prie de me pardonner. »

GEORGE DANDIN – « Madame, je vous prie de me pardonner. »

MONSIEUR DE SOTENVILLE – « L'extravagance que j'ai faite. »

GEORGE DANDIN – « L'extravagance que j'ai faite » *(à part)* de vous épouser.

MONSIEUR DE SOTENVILLE – « Et je vous promets de mieux vivre à l'avenir. »

GEORGE DANDIN – « Et je vous promets de mieux vivre à l'avenir. »

note

1. *quelle* : quelque.

MONSIEUR DE SOTENVILLE – Prenez-y garde, et sachez que c'est ici la dernière de vos impertinences que nous souffrirons.

MADAME DE SOTENVILLE – Jour de Dieu ! si vous y retournez, on vous apprendra le respect que vous devez à votre femme, et à ceux de qui elle sort.

MONSIEUR DE SOTENVILLE – Voilà le jour qui va paraître. Adieu. Rentrez chez vous, et songez bien à être sage. Et nous, mamour, allons nous mettre au lit.

Scène 8

GEORGE DANDIN

GEORGE DANDIN – Ah ! je le quitte[1] maintenant, et je n'y vois plus de remède ; lorsqu'on a, comme moi, épousé une méchante femme, le meilleur parti qu'on puisse prendre, c'est de s'aller jeter dans l'eau la tête la première.

note

1. je le quitte : j'y renonce.

George Dandin (Fernand Ledoux), Angélique (Madeleine Renaud), Monsieur de Sotenville (Chambreuil), mise en scène de Charles Dullin à la Comédie-Française, 1937.

Au fil du texte

Questions sur l'acte III, scènes 6, 7 et 8 (pages 79 à 92)

QUE S'EST-IL PASSÉ ENTRE-TEMPS ?

1. Quel nouveau personnage apparaît à la scène 4 ?

2. Qui George Dandin envoie t-il chercher à la scène 4 ? Dans quel but ?

3. Ces circonstances vous rappellent-elles d'autres moments de la pièce ? Lesquels ?

4. Que fait Angélique à la scène 5 ?

5. Qui entend le dialogue d'Angélique et Clitandre alors qu'il ne devrait pas l'entendre, à la scène 5 ?

AVEZ-VOUS BIEN LU ?

6. Pourquoi Claudine et Angélique ne peuvent-elles rentrer, au début de la scène 6 ?

7. Cochez la bonne réponse. Pour faire sortir George Dandin, Angélique menace :

☐ de crier à l'assassin.
☐ de se tuer avec un couteau.
☐ de casser la porte.

8. Quelle ruse emploient Claudine et Angélique pour entrer lors de la sortie de George Dandin ?

9. Que reproche ensuite Angélique à son mari ?

10. Cochez la bonne réponse. Madame de Sotenville ne veut pas écouter George Dandin car :

☐ il sent le vin.
☐ il parle mal.
☐ il crie.

ÉTUDIER LE VOCABULAIRE ET LA GRAMMAIRE

11. Comment est formé le mot *« escampativos »*, (ligne 195) ? Pouvez-vous citer d'autres suffixes ayant un sens comique ?

12. De la ligne 199 à la ligne 230, relevez les termes du champ lexical* de la tromperie employés par George Dandin.

13. Dans les répliques* d'Angélique qui suivent (lignes 231 à 283), relevez plusieurs termes par lesquels elle cherche à prouver sa sincérité.

14. Expliquez les verbes *« plâtrer »* (ligne 215) et *« rhabiller »* (ligne 226). Montrez qu'ils sont employés au sens figuré*.

15. De la ligne 423 à la ligne 428, relevez et analysez les propositions subordonnées complétives.

champ lexical : **dans un texte, l'ensemble des mots qui se rattachent à une même notion.**

réplique : **propos tenu par un personnage dans un dialogue.**

sens figuré : **sens imagé que peut prendre un mot dans certains contextes et qui se distingue du sens propre.**

ÉTUDIER UN THÈME : VÉRITÉ ET MENSONGE

16. À la scène 6, Angélique reconnaît ses torts et demande pardon à son mari. Que lui demande-t-elle et que lui propose-t-elle alors ?

17. Relevez les arguments employés par George Dandin à la scène 6 qui montrent qu'elle est de mauvaise foi et qu'elle ruse à nouveau pour se tirer du mauvais pas dans lequel elle se trouve.

18. *A contrario*, faites la liste des éléments qui militent en faveur de la bonne foi d'Angélique et de son changement.

19. Quel détail, à la scène 7, devrait faire douter Monsieur et Madame de Sotenville de la véracité de ce que déclare Angélique ?

20. Expliquez que les parents d'Angélique sont de parti pris.

ÉTUDIER LE GENRE : LE DÉNOUEMENT*

21. Angélique menace à plusieurs reprises de se tuer puis, dans la scène finale, George Dandin évoque son suicide. Cette situation correspond-elle à une fin de comédie ?

22. En quoi l'acte III est-il un dénouement et pas simplement la répétition de la situation des actes I et II ?

23. Avons-nous affaire à une fin heureuse ?

dénouement : **manière dont une histoire ou un événement se termine.**

LIRE L'IMAGE

24. Retrouvez la (ou les) réplique(s) qui correspondent à la gravure de la page 85.

25. Quels détails montrent que les deux femmes apparaissant au balcon ne viennent pas de se réveiller, contrairement à George Dandin ?

À VOS PLUMES !

26. Et si Dandin avait pardonné à sa femme... Imaginez et rédigez le dialogue de George Dandin avec Monsieur et Madame de Sotenville.

27. Imaginez et rédigez la suite de l'acte III, sous une forme narrative ou sous une forme dialoguée, en faisant d'Angélique une épouse modèle ou au contraire une épouse trompeuse.

Retour sur l'œuvre

1. Le valet de George Dandin est :
- ☐ Lubin.
- ☐ Sganarelle.
- ☐ La Flèche.

2. L'amant d'Angélique est :
- ☐ Valère.
- ☐ Clitandre.
- ☐ Horace.

3. La servante d'Angélique s'appelle :
- ☐ Claudine.
- ☐ Georgette.
- ☐ Nérine.

4. Le nom de jeune fille de Madame de Sotenville est :
- ☐ de la Prudoterie.
- ☐ de la Pudibonderie.
- ☐ de la Petitânerie.

5. En épousant Angélique, George Dandin gagne le droit de se faire appeler Monsieur de :
- ☐ La Dandinière.
- ☐ Dindonneau.
- ☐ La Bêtisière.

6. Charades

a) Mon premier est un esprit souvent représenté comme un être ailé.
Mon deuxième est une conjonction de coordination.
Dans mon troisième, on se couche.
Les chiens remuent mon dernier quand ils sont contents.
Mon tout ne porte pas bien son nom.

....

b) Mon premier est un récipient.
Mon deuxième est un adverbe de lieu.
Mon troisième est un lieu très habité.
Mon tout est un nom ridicule.

....

7. Retrouvez qui prononce ces répliques.

a) « Ma maison m'est effroyable maintenant, et je n'y rentre point sans y trouver quelque chagrin. »

....

b) « Oui, voilà qui est bien, mes enfants seront gentilshommes ; mais je serai cocu, moi, si l'on n'y met ordre. »

....

c) « Vous n'avez qu'à y venir, je vous promets que vous serez reçu comme il faut. »

....

d) « Je me sens tout tribouiller le cœur quand je te regarde. »

....

e) « Pour moi, je hais les maris soupçonneux, et j'en veux un qui ne s'épouvante de rien, un si plein de confiance, et si sûr de ma chasteté, qu'il me vît sans inquiétude au milieu de trente hommes. »

....

f) « Adieu, rocher, caillou, pierre de taille, et tout ce qu'il y a de plus dur au monde. »

....

g) « Je ne me scandalise point qu'on me trouve bien faite, et cela me fait du plaisir. »

....

h) « Comment ? parce qu'un homme s'avise de nous épouser, il faut d'abord que toutes choses soient finies pour nous, et que nous rompions tout commerce avec les vivants ? C'est une chose merveilleuse que cette tyrannie de Messieurs les maris, et je les trouve bons de vouloir qu'on soit morte à tous les divertissements, et qu'on ne vive que pour eux. »

....

i) « *Allons, suivons-les, et me donne ta petite menotte que je la baise. Ah ! que cela est doux ! Il me semble que je mange des confitures.* »

....

j) « *Hélas ! De quel coup me percez-vous l'âme lorsque vous parlez de vous retirer, et avec combien de chagrins m'allez-vous laisser maintenant ?* »

....

k) « *Oui, je confesse que j'ai tort, et que vous avez sujet de vous plaindre.* »

....

l) « *Ah ! crocodile, qui flatte les gens pour les étrangler.* »

....

8. **Vocabulaire : expliquez ces mots ou ces expressions de la pièce.**

a) faire l'amour ....

b) faire le diable à quatre ....

c) forligner ....

d) demander raison ....

e) un pas de clerc ....

f) corbleu ....

g) chicaner ....

h) le nœud qui nous joint ....

i) escampativos ....

Dossier
Bibliocollège

Louis XIV et Molière, gravure.

Il était une fois Molière

La vie de Jean-Baptiste Poquelin, dit Molière, reste masquée par de grandes zones d'ombres : on en connaît les grandes étapes, mais on possède hélas très peu de documents sur celle-ci.

1622-1637 Une enfance parisienne et bourgeoise

Jean Poquelin naît à Paris en janvier 1622, probablement le 13 ou le 14. On l'appellera Jean-Baptiste en 1624 pour le distinguer de son frère, Jean aussi, né en 1624, et il prendra le surnom de Molière en 1648. Les Poquelin sont des notables. Le père de Molière espère transmettre à son fils aîné la charge de tapissier du roi qu'il a acquise en 1631 et qui lui assure une existence confortable. En 1632, Molière perd sa mère mais Louis Cressé, son grand-père maternel, reste lié avec le petit garçon qu'il emmène souvent au théâtre. C'est peut-être là, sur le Pont-Neuf, proche du domicile familial que Molière, alors âgé de dix ans, a éprouvé ses premières émotions théâtrales, en assistant à des farces, très à la mode à l'époque et qui se jouaient en pleine rue. En 1635, Jean-Baptiste entre chez les jésuites, au collège de Clermont (actuel lycée Louis-le-Grand), dont les méthodes d'enseignement utilisent beaucoup le théâtre. Il y rencontre ses amis Chapelle et Bernier (futur médecin) et y poursuit des études jusqu'en 1639.

Dates clés

1622 :
naissance de Jean-Baptiste Poquelin à Paris dans un milieu de notables.

1632 :
il perd sa mère.

1635 :
il fait ses études au collège de Clermont.

L'Illustre-Théâtre : de Jean-Baptiste à Molière

En 1642, Molière, devenu l'amant de Madeleine Béjart, annonce à son père qu'il veut devenir comédien. L'année suivante, il renonce à la charge de son père (il avait prêté serment de lui succéder en 1637) et fonde avec les Béjart la compagnie de l'Illustre-Théâtre. En septembre, la compagnie installe son théâtre au jeu de paume des Métayers, près de la rue Mazarine, à Paris ; à partir de 1644, Jean-Baptiste signe Molière. Mais, en dépit de la protection du puissant Gaston d'Orléans, les échecs et les dettes s'accumulent. Molière, qui ne peut rembourser, est emprisonné. Libéré sous caution en décembre 1645, son père paie pour lui et Molière quitte Paris.

Dates clés

1642 : Molière fonde l'Illustre-Théâtre avec Madeleine Béjart.

1646-1658 : Molière et sa troupe jouent en province.

La naissance d'un grand comédien : les tournées en province de 1646 à 1658

Molière va vivre douze années difficiles, allant avec sa troupe de ville en ville à la rencontre des spectateurs. On perd sa trace jusqu'en 1647 où il apparaît à Toulouse, puis Carcassonne et Albi ; il réapparaît ensuite en 1648 à Fontenay-le-Comte. En 1650, Molière prend la direction de la troupe et joue à Montpellier, Poitiers, Narbonne, Agen, Toulouse, Pézenas… Le répertoire se compose essentiellement de farces, courtes pièces comiques, qui se jouent le plus souvent en plein air, sur une scène bâtie à la hâte sur des tréteaux. La farce est le genre dans lequel Molière fait ses débuts d'auteur, en 1655, avec le *Ballet des incompatibles*, à Béziers, et *L'Étourdi,* à Lyon, l'une des rares pièces des débuts de Molière (avec *La Jalousie du Barbouillé* et *Le Médecin volant*) qui ne se soit pas perdue. Le talent de la troupe lui a fait gagner la faveur du prince de Conti qui la protégera jusqu'en 1657.

Le retour à Paris : 1658 et les premières grandes comédies

• Les débuts à Paris

À son retour à Paris, Molière réussit à faire patronner sa troupe par Monsieur, frère du roi, de qui il obtient de pouvoir jouer devant le roi. Le 24 octobre, la troupe donne, dans la salle des gardes du Louvre, *Nicomède*, une tragédie de Corneille, qui est suivie selon l'usage de l'époque d'une farce divertissante, *Le Docteur amoureux,* dont le texte s'est perdu. Satisfait, le roi accorde la salle du Petit-Bourbon à Molière, en alternance avec la troupe italienne de Scaramouche. Pour son premier spectacle aux Parisiens, Molière choisit *L'Étourdi* et *Le Dépit amoureux*. C'est un succès, confirmé par le triomphe des *Précieuses ridicules* en 1660. Molière s'établit ensuite au théâtre du Palais-Royal qu'il ne quittera plus jusqu'à sa mort.

Dates clés

1658 : Retour à Paris. Molière joue une farce devant le roi et sa cour.

1660 : *Les Précieuses ridicules* est un succès immense.

• Un Plaute et un Térence moderne

Molière veut prouver qu'il est un vrai poète dramatique capable d'écrire et de jouer une pièce dite « sérieuse », c'est-à-dire une tragédie. Il travaille donc à *Dom Garcie de Navarre*, une comédie héroïque se passant en Espagne comme *Le Cid,* pièce qui triomphe en 1637. La représentation est un échec, ce qui pousse Molière à cultiver sa veine comique en élevant ses farces à la dimension de comédies en cinq actes et en vers.

Il commence par des pièces en trois actes, *L'École des maris* et *Les Fâcheux*, qui le mettent à la mode et lui valent la faveur du roi.
En 1662, il épouse Armande Béjart, de vingt ans sa cadette, ce que lui reprochent ses détracteurs. De surcroît, ils soupçonnent Armande Béjart d'être sa fille, ce qui est faux.
Étoile montante à la ville et à la cour, Molière se fait des ennemis : des rivaux jaloux de son succès comme les comédiens de la troupe de l'hôtel de Bourgogne, les petits marquis et les dévots dont il fait la satire, qui ne supportent pas sa liberté de ton. Avec *L'École des femmes*, en 1663, Molière signe sa première grande comédie en cinq actes. Il met à nouveau en scène un cocu (Arnolphe) mais élargit la portée de la comédie aux problèmes de société, telle l'éducation des femmes. On commence à le comparer aux grands auteurs comiques latins Plaute et Térence, tout en lui reprochant son indécence. Avec *Tartuffe*, en 1664, il s'attaque à l'hypocrisie des dévots, coterie puissante à la cour qui réussit à faire interdire la pièce jusqu'en 1669. Mais Molière ne perd pas la protection du roi, au contraire.

Dates clés

1663 : *L'École des femmes* est la première grande comédie en cinq actes.

1664 : *Tartuffe.*

1668 : *George Dandin.*

Le comédien du roi

Tout en retravaillant *Tartuffe*, Molière entre dans une période féconde : il donne successivement *Dom Juan* en 1665 (après cette pièce, la troupe devient « troupe du roi »), *Le Misanthrope* et *Le Médecin malgré lui* en 1666, *Amphitryon*, *L'Avare* et *George Dandin* en 1668. Cette pièce s'intègre dans *Le Grand Divertissement royal de Versailles*, fête donnée par Louis XIV pour célébrer une victoire militaire.

Après le succès de *Tartuffe*, enfin autorisé, Molière devient le grand ordonnateur des divertissements royaux et invente, avec le musicien Lulli, le genre de la comédie-ballet qui mêle le théâtre, la musique et la danse et dont *Le Bourgeois gentilhomme*, en 1670, est l'exemple le plus accompli. Mais Lulli, jaloux, le supplante et obtient à Paris le monopole du théâtre chanté.
Ainsi, Molière, qui espérait monter son *Malade imaginaire* à Versailles, le monte seul au Palais-Royal en 1673. Le 17 février 1773, en jouant la pièce, il est pris d'un malaise et transporté chez lui où il meurt peu de temps après.

Dates clés

1670 :
Le Bourgeois gentilhomme. Molière est à l'apogée de sa carrière, il est le comédien du roi.

1673 :
Mort de Molière, pris d'un malaise au cours d'une représentation du *Malade imaginaire*.

Molière et sa troupe à l'auberge, peinture de G. Mélingue.

Le mariage au XVIIe siècle

Mariage arrangé ou mariage d'amour

Au XVIIe siècle, à tous les étages de la société, du peuple jusqu'à la noblesse, le mariage est d'abord envisagé comme une alliance entre deux familles avec pour objectif la préservation de la « race » ou du « sang » chez les nobles, celle du patrimoine chez les bourgeois riches ou les paysans. Le mariage est donc essentiellement conçu comme une affaire collective et non comme l'alliance entre deux individus. Il est normal et habituel que les mariages entre jeunes gens soient arrangés par les parents, au mieux des intérêts patrimoniaux et du prestige des jeunes mariés.
Ainsi, les amants de comédie qui veulent se marier par amour, malgré leur pauvreté ou l'insuffisance de leurs titres de noblesse, sont essentiellement des personnages de fiction. La société fonctionne en effet plutôt sur le modèle de George Dandin, c'est-à-dire qu'on se marie pour s'allier avec une grande famille ou pour agrandir son patrimoine, ou les deux à la fois.

Mariage et amours royales

Il en va ainsi pour le roi de France Louis XIV dont le mariage est même fixé par un traité diplomatique. En 1660, il épouse l'infante Marie-Thérèse, dont il aura six enfants. Il ne s'agit nullement d'une histoire d'amour mais d'une alliance dynastique : à travers ces princiers jeunes gens, ce sont les pays d'Europe qui s'allient entre

eux. En effet, avec ce mariage, Louis XIV vise à réduire l'influence espagnole en Europe et à contrôler des provinces qui reviennent en héritage à sa royale épouse lors de la mort de Philippe IV, le roi d'Espagne.
Cela ne l'empêchera pas, comme bon nombre de ses contemporains, de vivre une vie amoureuse intense, mais qui n'interfère pas avec les intérêts dynastiques et patrimoniaux de la maison de France.
Le feuilleton des amours royales rythme ainsi la vie mondaine, de la belle Mademoiselle de La Vallière jusqu'à Madame de Maintenon, qu'il épouse en secret après la mort de Marie-Thérèse en 1683.

Une cérémonie essentiellement religieuse, des intérêts civils

À l'époque, la législation sur le mariage fait que les jeunes gens ne peuvent se marier sans le consentement de leurs parents et que, s'ils dérogent à cet accord, les parents sont en droit de demander à un juge de casser le mariage. Ainsi, ce sont les parents et non les fiancés qui décident, comme le rappelle Angélique à son mari : *« Vous n'avez consulté, pour cela, que mon père et ma mère ; ce sont eux proprement qui vous ont épousé. »*
C'est une situation nouvelle par rapport au Moyen Âge où le mariage était alors essentiellement une institution religieuse pour laquelle les autorités ecclésiastiques se contentaient du seul consentement des époux.
Le mariage civil n'existant toutefois pas encore au XVIIe siècle, la cérémonie n'est donc célébrée qu'à l'église. Le mariage est un sacrement qui suppose le consentement des époux. Seuls les aspects patrimoniaux, essentiels

comme on vient de le voir, sont contrôlés par des autorités civiles et font l'objet d'un contrat entre les époux, rédigé par le notaire. Le plus connu de ces aspects est la « dot », bien que l'épouse apporte dans la communauté lors du mariage et dont le montant est fixé par contrat. Dans le cas précis de George Dandin, la dot de sa femme est son nom, son titre de noblesse, dont son mari peut bénéficier en s'alliant à elle.

La mésalliance

En 1668, les nobles ruinés sont de plus en plus nombreux, en raison de plusieurs facteurs. Pour éviter la rébellion des grands seigneurs, Louis XIV oblige une bonne partie de la noblesse à séjourner à la cour, à Versailles. Les nobles doivent assumer de coûteuses dépenses d'apparat pour tenir leur rang, dépenses d'autant plus lourdes qu'ils ne peuvent plus surveiller par eux-mêmes le rendement de leurs terres et le travail de leurs fermiers.

La bourgeoisie commerçante et industrieuse commence à faire son apparition et supplante peu à peu les nobles qui considèrent le travail comme une activité indigne de leur condition. Le roi lui-même s'entoure de ministres bourgeois, travailleurs et efficaces, comme Colbert ou Louvois.

Ainsi, les mariages de nobles ruinés avec des héritiers de fortunes bourgeoises, que l'on appelle des mésalliances, deviennent de plus en plus nombreux. George Dandin n'est donc pas un cas isolé, il est le représentant même d'un mouvement de fond dans la société française de l'époque.

L'aspiration à la liberté individuelle

Elle s'exprime de deux manières : soit on veut pouvoir vivre sa vie sentimentale librement, indépendamment des liens du mariage, qui ne sont alors pas remis en cause ; c'est ce que fait Angélique.
Soit, au contraire, on veut pouvoir se marier librement avec la personne que l'on a choisie ; c'est ce que font de nombreux amoureux de comédie au XVIIe siècle.
Cette seconde conception, qui s'est imposée aujourd'hui, ne va pas du tout de soi à l'époque, bien au contraire, elle est considérée comme tout à fait déviante.
Pourtant, l'aspiration à la liberté individuelle et à la libre disposition de soi-même commence à apparaître, mais de manière très timide.

Bénédiction du lit nuptial, gravure de Claude du Bosc, d'après un dessin de Bernard Picart.

George Dandin et les genres théâtraux au XVIIe siècle

George Dandin a longtemps été considérée comme une pièce mineure. Aujourd'hui, on la tient pour l'un des chefs-d'œuvre de Molière. Cette comédie est ainsi faite qu'elle concentre les différents genres théâtraux dans lesquels Molière s'est particulièrement illustré : la farce, la comédie-ballet, la comédie de mœurs. On y trouve même, à travers la personnalité sombre de Dandin et la fin désespérée de la pièce, des accents tragiques, genre dans lequel Molière a tenté d'exceller avant de devenir le maître de la comédie.

La séparation des genres tragiques et comiques

À retenir

La séparation en deux genres, comédie et tragédie, a été opérée par Aristote, philosophe grec du VIe siècle av. Jésus-Christ.

Au XVIIe siècle, le théâtre est séparé en deux genres distincts, conformément aux catégories fixées par le philosophe grec Aristote : la **comédie**, genre considéré comme bouffon et secondaire, et la **tragédie**, genre noble et sérieux, quasiment le seul en vogue à la cour de Louis XIV lors du retour de Molière à Paris, en 1658.

La tragédie

La tragédie met en scène l'aristocratie (rois, princes, ducs…) et s'inspire de l'histoire, notamment celle de l'Antiquité, et de la mythologie. Elle présente un conflit insoluble entre la nécessité politique (le devoir) et la nécessité personnelle (l'amour) : *« L'amour n'est qu'un plaisir, l'honneur est un devoir »* (Corneille, *Le Cid*). Comme le conflit est insoluble (dilemme), le dénouement est nécessairement malheureux et prévisible. Composée en cinq actes, écrite en alexandrins, une tragédie respecte la règle des trois unités, les principes de vraisemblance et de bienséance.

Lors du retour à Paris de Molière, en 1658, le genre et le jeu tragiques sont en crise. L'antique style déclamatoire est de plus en plus critiqué (Molière s'en fait l'écho dans *L'Impromptu de Versailles*) et on préfère la comédie italienne. Pourtant, en raison du prestige du théâtre tragique, Molière a du mal à admettre que ce n'est pas son genre : alors que son succès est constant lorsqu'il joue ses propres comédies, il s'obstine à jouer des tragédies jusqu'en 1669, tentant même d'en écrire une, *Dom Garcie de Navarre*. Son échec l'amène à transformer la farce, dans laquelle il excelle, en un genre noble et respectable : la comédie en cinq actes et en vers.

À retenir

La tragédie met en scène un conflit insurmontable entre grands de ce monde.

Aux origines de la comédie : la farce et la *commedia dell'arte*

La farce est une pièce courte, le plus souvent en un acte, fondée sur un comique de situation (coups, quiproquos, bousculades…) et des plaisanteries le plus souvent scatologiques, dont la tradition remonte au Moyen Âge, avec des farces comme *La Farce de maître Pathelin* ou *La Farce du cuvier.*

• Des personnages et une intrigue de convention

Les personnages y sont typés : la jeune première, le curé paillard, le vieillard libidineux, le valet idiot ou le mari cocu. L'intrigue est souvent de convention et prétexte à des jongleries, des acrobaties et des échanges de coups burlesques et amusants. Molière enfant a sans doute connu les derniers « farceurs » de plein vent du Pont-Neuf, héritiers d'Antoine Girard. Celui-ci rend célèbre en 1618, place Dauphine, le personnage du farceur Tabarin, bouffon à longue barbe, à larges pantalons, à veste verte, qui répond à des questions scatologiques de Mondor, mais aussi le trio composé par Henri Legrand, dit Turlupin, valet rusé ou mari jaloux, Hugues Gueru, dit Gaultier-Gargouille, vieillard lubrique ou pédant ridicule, et Robert Guérin, dit Gros-Guillaume, rond comme une barrique, stupide, immobile et muet.

• Le renouveau : la *commedia dell'arte*

Au XVIIe siècle, l'engouement pour les Italiens contribue au renouveau de la farce, notamment à travers la *commedia dell'arte,* introduite en France par Juan Guanassa en 1570. Il s'agit d'une troupe de professionnels jouant avec des masques et virtuoses de l'improvisation. Les personnages sont des « types », reconnaissables à leurs masques : le **Docteur**, **Arlequin**, valet rusé et malhonnête, **Pantalon**, valet idiot, le **Capitan**, soldat bravache et prétentieux ; deux personnages ne sont pas masqués : la ***prima donna innamorata*** et le **jeune premier**.

La *commedia dell'arte all improviso* est aussi une technique d'improvisation très construite et maîtrisée. Chaque acteur apprenait par cœur un répertoire de situations types et de répliques qu'il s'entraînait à combiner à l'infini sur scène, donnant ainsi au public une impression d'improvisation.
Molière a subi l'influence de ces genres théâtraux : il est lui-même l'auteur de farces, ses comédies en reprennent les éléments typiques et on y retrouve des personnages italiens (Sganarelle, Mascarille).

Les règles de la comédie

À retenir

La comédie met en scène des personnages ordinaires. L'intrigue est souvent amoureuse.

La comédie, comme la tragédie, obéit à des règles précises. L'intrigue, située dans un milieu bourgeois et non noble, tourne souvent autour du mariage : le père s'oppose au souhait de sa fille ou de son fils car il a formé pour eux d'autres projets de mariage. Le dénouement est heureux : malgré leurs pères, les amants finissent par se marier. Les personnages sont des « types », des pantins sans réelle personnalité, même si leurs noms varient d'une comédie à l'autre. Le père, avare, vieux et naïf, ne s'intéresse pas au bonheur de ses enfants. Les jeunes gens, amoureux et pleurnichards, ne savent rien faire d'autre qu'exprimer leur amour. Le valet (ou la servante) est l'élément moteur. Rusé, parfois voleur, mais plus intelligent que les autres, il aide les jeunes gens et fait progresser l'intrigue par des subterfuges qui trompent les pères et rendent possible le mariage. La comédie fait rire le spectateur car elle fonctionne comme une sorte de mécanique : scènes parallèles, effets multiples de reprises et de symétries, répétitions.

• L'apport de Molière

Molière donne à la comédie une autre dimension : faute de réussir dans le genre tragique, il transforme la comédie en un genre noble. En 1662, *L'École des femmes*, sa première comédie en cinq actes et en vers, est un succès éclatant. Ses personnages ne sont plus de simples types. Ils gagnent en épaisseur, deviennent des « caractères » qui ont une véritable personnalité. En conservant le tempo de la farce, en faisant rire, Molière aborde des questions de société, énonce une morale. Même si, au cours de la « querelle de *L'École des femmes* », les critiques reprochent à Molière des scènes jugées indécentes et de ne pas avoir respecté les canons de la comédie, il est reconnu comme un grand auteur et la comédie devient un genre important, qui aura droit de cité à la cour de Louis XIV.

À retenir

Molière fait de la comédie un genre sérieux qui aborde des questions de société.

GEORGE DANDIN

L'histoire de George Dandin, un mari cocu qui n'arrive pas à faire reconnaître la tromperie de sa femme, est tirée de *La Jalousie du Barbouillé,* une farce des débuts de Molière. La comparaison des deux pièces montre bien l'évolution de la farce à la comédie : George Dandin échappe au rôle figé du mari cocu et imbécile dont on se moque pour accéder à une grandeur sombre et presque tragique. Conscient de sa mésalliance, il ne sait comment y échapper et, à travers lui, la question des relations entre la noblesse et la bourgeoisie est mise en scène de manière subtile.

Comédie et comédie-ballet

George Dandin a d'abord pris la forme d'une comédie-ballet, genre mis à la mode lors des fêtes de cour données par Louis XIV à Versailles, qui consiste en une pièce mêlant chant, musique et danse. Écrite à la hâte pour être donnée dans le cadre somptueux du *Grand Divertissement royal de Versailles*, fête donnée par Louis XIV pour célébrer le traité d'Aix-la-Chapelle, la pièce est ainsi enchâssée dans des intermèdes de pastorale chantés et dansés, dans lesquels des bergers de convention échangent des propos galants. Cependant, dès le mois de novembre 1668, Molière joue la pièce seule au théâtre du Palais-Royal à Paris puis la publie sans la pastorale, telle qu'on est habitué à la lire et à la jouer aujourd'hui.

Registres comiques et types de comique

Pour le philosophe Henri Bergson, le principal ressort du comique est le *« mécanique plaqué sur du vivant »*. Un personnage qui se cogne à un réverbère et dit « pardon madame » se comporte en effet comme une machine et non comme un être vivant. Le comique est souvent au service de la critique ou de la satire sociale. Tout ce qui provoque le rire est comique, mais il y a plusieurs registres et plusieurs types de procédés.
1) **L'humour** traite de manière légère un sujet sérieux ; il nous montre une situation grave (très grave, dans le cas de l'humour noir) sous un jour surprenant et finalement

comique. L'humour repose souvent sur un décalage, par exemple entre la gravité de la situation et la connotation légère du lexique.
2) **L'ironie** laisse entendre le contraire de ce qu'elle exprime, ridiculisant ce dont elle parle. L'ironie est critique et souvent mordante, acerbe. L'antiphrase est le procédé de style caractéristique de l'ironie.
3) **L'absurde** présente des actes et des propos n'ayant aucun sens, illogiques ou incompréhensibles (Ionesco est un représentant de ce registre).
4) **Le burlesque** est fondé sur l'exagération. Il grossit et pousse les situations jusqu'à l'extravagance (Rabelais en est un exemple) ; il aboutit parfois à la parodie, dans l'épopée par exemple. L'hyperbole peut être une marque de la tonalité burlesque.
5) **La parodie** imite, en le caricaturant et en le ridiculisant, le style d'un genre littéraire.

Les trois types de comique

1) **Le comique de mot :** création de mots curieux, néologismes, sonorités, jeux de mots… (métaplasme : balise pour valise ; mot-valise : rhinoféroce, monstrumental – combinaison de « monstre » et du suffixe « mental » – ; mot forgé : volable).
2) **Le comique de situation :** quiproquo, aparté, rencontre inattendue, *deus ex machina* (une solution imprévue surgit subitement et sans explications).
3) **Le comique de caractère :** le rire est provoqué par les particularités d'un personnage (costume, manie, tic, défaut d'élocution, avarice…).

Groupement de textes :

Mariage de raison ou mariage d'amour ?

Voici cinq variations sur le mariage, de l'époque de Molière jusqu'au XIXe siècle. On y trouve des maris ridicules, des maris compréhensifs, des maris jaloux. Un philosophe tente de fixer les contraintes religieuses et les contraintes civiles qui pèsent sur le mariage. Une mère s'interroge sur l'avenir de sa fille et sur le meilleur choix à faire pour assurer son bonheur. On assiste enfin à un mariage populaire dans le Paris du XIXe siècle. Ce florilège, par sa diversité et sa variété, montre l'intérêt des écrivains pour le mariage et pour son évolution au cours des âges.

La Jalousie du Barbouillé de Molière

Dans cette farce de ses débuts, Molière met en scène une situation qui apparaît comme le canevas de départ de *George Dandin*. Dans la scène 11, on reconnaît bien l'ancêtre de la fin de l'acte III de *George Dandin* : l'épouse tente, sans y arriver, d'attendrir son mari. Ici, comme dans *George Dandin*, les époux apparaissent comme des rivaux, alliés par nécessité et non par désir.

LE BARBOUILLÉ, *à la fenêtre*, ANGÉLIQUE

ANGÉLIQUE – Tu ne veux pas m'ouvrir ?
LE BARBOUILLÉ – Non, je n'ouvrirai pas.

ANGÉLIQUE – Hé ! mon pauvre petit mari, je t'en prie, ouvre-moi, mon cher petit cœur !
LE BARBOUILLÉ – Ah, crocodile ! ah, serpent dangereux ! tu me caresses pour me trahir.
ANGÉLIQUE – Ouvre, ouvre donc !
LE BARBOUILLÉ – Adieu ! *Vade retro, Satanas*[1].
ANGÉLIQUE – Quoi ? tu ne m'ouvriras point ?
LE BARBOUILLÉ – Non.
ANGÉLIQUE – Tu n'as point de pitié de ta femme, qui t'aime tant ?
LE BARBOUILLÉ – Non, je suis inflexible : tu m'as offensé, je suis vindicatif comme tous les diables, c'est-à-dire bien fort ; je suis inexorable[2].
ANGÉLIQUE – Sais-tu bien que si tu me pousses à bout, et que tu me mettes en colère, je ferai quelque chose dont tu te repentiras ?
LE BARBOUILLÉ – Et que feras-tu, bonne chienne ?
ANGÉLIQUE – Tiens, si tu ne m'ouvres, je m'en vais me tuer devant la porte ; mes parents, qui sans doute viendront ici auparavant[3] de se coucher, pour savoir si nous sommes bien ensemble, me trouveront morte, et tu seras pendu.
LE BARBOUILLÉ – Ah, ah, ah, ah, la bonne bête ! et qui y perdra le plus de nous deux ? Va, va, tu n'es pas si sotte que de faire ce coup-là.
ANGÉLIQUE – Tu ne le crois donc pas ? Tiens, tiens, voilà mon couteau tout prêt : si tu ne m'ouvres, je m'en vais tout à cette heure m'en donner dans le cœur.
LE BARBOUILLÉ – Prends garde, voilà qui est bien pointu.
ANGÉLIQUE – Tu ne veux donc pas m'ouvrir ?
LE BARBOUILLÉ – Je t'ai déjà dit vingt fois que je n'ouvrirai point ; tue-toi, crève, va-t'en au diable, je ne m'en soucie pas.
ANGÉLIQUE, *faisant semblant de se frapper* – Adieu donc !... Ay ! je suis morte.
LE BARBOUILLÉ – Serait-elle bien assez sotte pour avoir fait ce coup-là ? Il faut que je descende avec la chandelle pour aller voir.

---

1. Vade retro, Satanas : arrière, démon (en latin).

2. je suis inexorable : je ne changerai pas d'avis.

3. auparavant : avant.

ANGÉLIQUE – Il faut que je t'attrape. Si je peux entrer dans la maison subtilement, cependant que tu me chercheras, chacun aura bien son tour.
LE BARBOUILLÉ – Hé bien ! ne savais-je pas bien qu'elle n'était pas si sotte ? Elle est morte, et si[1] elle court comme le cheval de Pacolet[2]. Ma foi, elle m'avait fait peur tout de bon. Elle a bien fait de gagner au pied ; car si je l'eusse trouvée en vie, après m'avoir fait cette frayeur-là, je lui aurais apostrophé cinq ou six clystères[3] de coups de pied dans le cul, pour lui apprendre à faire la bête. Je m'en vais me coucher cependant. Oh ! oh ! je pense que le vent a fermé la porte. Hé ! Cathau, Cathau, ouvre-moi.
ANGÉLIQUE – Cathau, Cathau ! Hé bien qu'a-t-elle fait, Cathau ? Et d'où venez-vous, Monsieur l'ivrogne ? Ah ! vraiment, va, mes parents, qui vont venir dans un moment, sauront tes vérités. Sac à vin infâme, tu ne bouges du cabaret, et tu laisses une pauvre femme avec des petits enfants, sans savoir s'ils ont besoin de quelque chose, à croquer le marmot[4] tout le long du jour.
LE BARBOUILLÉ – Ouvre vite, diablesse que tu es, ou je te casserai la tête.

Molière, *La Jalousie du Barbouillé*, scène 11.

L'École des maris de Molière

Dans *L'École des maris*, deux frères riches et âgés doivent épouser deux jeunes filles. Le premier, Sganarelle, obsédé par l'idée d'être cocu, surveille sa future épouse de très près, tandis que le second, Ariste, partisan d'une conception plus libérale, cherche à obtenir son consentement par la douceur. Voici une tirade de chacun d'entre eux.

---

1. ***et si*** **:** et pourtant.
2. ***(le nain) Pacolet*** **:** personnage d'une légende espagnole.
3. ***clystères*** **:** grosses seringues à lavement.
4. ***croquer le marmot*** **:** attendre ; sens figuré : les peintres attendent en dessinant, en « croquant ».

SGANARELLE
Il me semble, et je le dis tout haut,
Que sur un tel sujet c'est parler comme il faut.
Vous souffrez que la vôtre aille leste et pimpante :
Je le veux bien ; qu'elle ait et laquais et suivante :
J'y consens ; qu'elle coure, aime l'oisiveté,
Et soit des damoiseaux fleurée[1] en liberté :
J'en suis fort satisfait. Mais j'entends que la mienne
Vive à ma fantaisie, et non pas à la sienne ;
Que d'une serge[2] honnête elle ait son vêtement,
Et ne porte le noir qu'aux bons jours seulement,
Qu'enfermée au logis, en personne bien sage,
Elle s'applique toute aux choses du ménage,
À recoudre mon linge aux heures de loisir,
Ou bien à tricoter quelque bas par plaisir ;
Qu'aux discours des muguets[3] elle ferme l'oreille,
Et ne sorte jamais sans avoir qui la veille[4].
Enfin la chair est faible, et j'entends tous les bruits.
Je ne veux point porter de cornes, si je puis ;
Et comme à m'épouser sa fortune l'appelle,
Je prétends corps pour corps pouvoir répondre d'elle.
[…]
ARISTE
Soit ; mais je tiens sans cesse
Qu'il nous faut en riant instruire la jeunesse,
Reprendre ses défauts avec grande douceur,
Et du nom de vertu ne lui point faire peur.
Mes soins pour Léonor ont suivi ces maximes :
Des moindres libertés je n'ai point fait des crimes.
À ses jeunes désirs j'ai toujours consenti,
Et je ne m'en suis point, grâce au Ciel, repenti.
J'ai souffert qu'elle ait vu les belles compagnies,
Les divertissements, les bals, les comédies ;

1. fleurée : reniflée.

2. serge : tissu modeste.

3. muguets : jeunes gens élégants.

4. qui la veille : qui la surveille.

Ce sont choses, pour moi, que je tiens de tout temps ;
Fort propres à former l'esprit des jeunes gens ;
Et l'école du monde, en l'air dont il faut vivre
Instruit mieux, à mon gré, que ne fait aucun livre.
Elle aime à dépenser en habits, linge et nœuds :
Que voulez-vous ? Je tâche à contenter ses vœux ;
Et ce sont des plaisirs qu'on peut, dans nos familles,
Lorsque l'on a du bien, permettre aux jeunes filles.
Un ordre paternel l'oblige à m'épouser ;
Mais mon dessein[1] n'est pas de la tyranniser. […]

Molière, *L'École des maris*, acte I, scène 2, 1661.

De l'esprit des lois de Montesquieu

Philosophe et écrivain, Montesquieu est l'auteur d'un traité qui est à la source de nos institutions actuelles. Ici, il analyse le droit du mariage, d'un point de vue civil et religieux.

13. Dans quel cas il faut suivre, à l'égard des mariages, les lois de la religion et dans quel cas il faut suivre les lois civiles

Il est arrivé, dans tous les pays et dans tous les temps, que la religion s'est mêlée des mariages. Dès que de certaines choses ont été regardées comme impures ou illicites, et que cependant elles étaient nécessaires, il a bien fallu y appeler la religion, pour les légitimer dans un cas, et les réprouver dans les autres.

D'un autre côté, les mariages étant, de toutes les actions humaines, celles qui intéressent le plus la société, il a bien fallu qu'ils fussent réglés par les lois civiles.

Tout ce qui regarde le caractère du mariage, sa forme, la manière de le contracter, la fécondité qu'il procure, qui a fait comprendre à tous les peuples qu'il était l'objet d'une bénédiction particulière, qui, n'y étant pas toujours attachée, dépendait de certaines grâces supérieures : tout cela est du ressort de la religion.

---

1. dessein : projet.

Les conséquences de cette union par rapport aux biens, les avantages réciproques, tout ce qui a du rapport à la famille nouvelle, à celle dont elle est sortie, à celle qui doit naître : tout cela regarde les lois civiles.

Comme un des grands objets du mariage est d'ôter toutes les incertitudes des conjonctions illégitimes[1], la religion y imprime son caractère, et les lois civiles y joignent le leur, afin qu'il ait toute l'authenticité possible. Ainsi, outre les conditions que demande la religion pour que le mariage soit valide, les lois civiles en peuvent encore exiger d'autres.

Ce qui fait que les lois civiles ont ce pouvoir, c'est que ce sont des caractères ajoutés, et non pas des caractères contradictoires. La loi de la religion veut de certaines cérémonies, et les lois civiles veulent le consentement des pères, elles demandent en cela quelque chose de plus, mais elles ne demandent rien qui soit contraire.

Il suit de là que c'est à la loi de la religion à décider si le lien sera indissoluble ou non : car si les lois de la religion avaient établi le lien indissoluble, et que les lois civiles eussent réglé qu'il se peut rompre, ce seraient deux choses contradictoires.

Quelquefois les caractères imprimés au mariage par les lois civiles ne sont pas d'une absolue nécessité ; tels sont ceux qui sont établis par les lois, qui, au lieu de casser le mariage, se sont contentées de punir ceux qui le contractaient.

Montesquieu, *De l'esprit des lois*, livre XXVI, 1748.

Les Liaisons dangereuses de Laclos

Madame de Volanges a arrangé le mariage de sa fille Cécile avec M. de Gercourt, un parti très avantageux. Mais voilà que la petite jeune fille est tombée amoureuse de son professeur de musique, le chevalier Danceny, un prétendant certes moins avantageux mais brillant tout de même. Dans cet extrait de la

1. ***les incertitudes des conjonctions illégitimes :*** les enfants naturels.

lettre 98 du roman, Madame de Volanges demande conseil à son amie, la marquise de Merteuil : ses hésitations témoignent de l'évolution des mentalités et de l'apparition du mariage d'amour, par opposition au mariage arrangé.

> Mon amie, je n'imiterai pas ce que j'ai blâmé si souvent. J'ai pu, sans doute, tenter de faire un choix pour ma fille ; je ne faisais en cela que l'aider de mon expérience : ce n'était pas un droit que j'exerçais, je remplissais un devoir. J'en trahirais un, au contraire, en disposant d'elle au mépris d'un penchant que je n'ai pas su empêcher de naître et dont ni elle ni moi ne pouvons connaître ni l'étendue ni la durée. Non, je ne souffrirai point qu'elle épouse celui-ci pour aimer celui-là, et j'aime mieux compromettre mon autorité que sa vertu.
>
> Je crois donc que je vais prendre le parti le plus sage de retirer la parole que j'ai donnée à M. de Gercourt. Vous venez d'en voir les raisons ; elles me paraissent devoir l'emporter sur mes promesses. Je dis plus : dans l'état où sont les choses, remplir mon engagement, ce serait véritablement le violer. Car enfin, si je dois à ma fille de ne pas livrer son secret à M. de Gercourt, je dois au moins à celui-ci de ne pas abuser de l'ignorance où je le laisse, et de faire pour lui tout ce que je crois qu'il ferait lui-même, s'il était instruit. Irai-je, au contraire, le trahir indignement, quand il se livre à ma foi, et, tandis qu'il m'honore en me choisissant pour sa seconde mère, le tromper dans le choix qu'il veut faire de la mère de ses enfants ? Ces réflexions si vraies et auxquelles je ne peux me refuser m'alarment plus que je ne puis vous dire.
>
> Aux malheurs qu'elles me font redouter, je compare ma fille, heureuse avec l'époux que son cœur a choisi, ne connaissant ses devoirs que par la douceur qu'elle trouve à les remplir ; mon gendre également satisfait et se félicitant, chaque jour, de son choix ; chacun d'eux ne trouvant de bonheur que dans le bonheur de l'autre, et celui de tous deux se réunissant pour augmenter le mien. L'espoir d'un avenir si doux doit-il être sacrifié à de vaines considérations ? Et quelles sont celles qui me retiennent ? uniquement des vues d'intérêt. De quel avantage sera-t-il donc pour ma fille d'être née riche, si elle

n'en doit pas moins être esclave de la fortune ?

Je conviens que M. de Gercourt est un parti meilleur, peut-être, que je ne devais l'espérer pour ma fille ; j'avoue même que j'ai été extrêmement flattée du choix qu'il a fait d'elle. Mais enfin, Danceny est d'une aussi bonne maison que lui ; il ne lui cède en rien pour les qualités personnelles ; il a sur M. de Gercourt l'avantage d'aimer et d'être aimé : il n'est pas riche à la vérité ; mais ma fille ne l'est-elle pas assez pour eux deux ? Ah ! pourquoi lui ravir la satisfaction si douce d'enrichir ce qu'elle aime !

Ces mariages qu'on calcule au lieu de les assortir, qu'on appelle de convenance, et où tout se convient en effet, hors les goûts et les caractères, ne sont-ils pas la source la plus féconde de ces éclats scandaleux qui deviennent tous les jours plus fréquents ? J'aime mieux différer[1] ; au moins j'aurai le temps d'étudier ma fille que je ne connais pas. Je me sens bien le courage de lui causer un chagrin passager, si elle en doit recueillir un bonheur plus solide : mais de risquer de la livrer à un désespoir éternel, cela n'est pas dans mon cœur.

Choderlos de Laclos, *Les Liaisons dangereuses*, lettre 98, 1782.

L'Assommoir de Zola

Dans *L'Assommoir*, Zola raconte la destinée de deux ouvriers, Gervaise et Coupeau. Voici le récit de leur mariage : la cérémonie civile, à la mairie, puis la cérémonie religieuse, à l'église.

Tout en marchant très lentement, ils arrivèrent à la mairie une grande demi-heure trop tôt. Et, comme le maire fut en retard, leur tour vint seulement vers onze heures. Ils attendirent sur des chaises, dans un coin de la salle, regardant le haut plafond et la sévérité des murs, parlant bas, reculant leurs sièges par excès de politesse, chaque fois qu'un garçon de bureau passait. Pourtant, à demi-voix, ils traitaient le maire de fainéant ; il

1. différer : retarder.

devait être pour sûr chez sa blonde, à frictionner sa goutte[1] ; peut-être bien aussi qu'il avait avalé son écharpe. Mais, quand le magistrat parut, ils se levèrent respectueusement. On les fit rasseoir. Alors, ils assistèrent à trois mariages, perdus dans trois noces bourgeoises, avec des mariées en blanc, des fillettes frisées, des demoiselles à ceintures roses, des cortèges interminables de messieurs et de dames sur leur trente et un, l'air très comme il faut. Puis, quand on les appela, ils faillirent ne pas être mariés, Bibi-la-Grillade ayant disparu. Boche le retrouva en bas, sur la place, fumant une pipe. Aussi, ils étaient encore de jolis cocos dans cette boîte, de se ficher du monde, parce qu'on n'avait pas de gants beurre frais à leur mettre sous le nez ! Et les formalités, la lecture du Code, les questions posées, la signature des pièces, furent expédiées si rondement, qu'ils se regardèrent, se croyant volés d'une bonne moitié de la cérémonie. Gervaise, étourdie, le cœur gonflé, appuyait son mouchoir sur ses lèvres. Maman Coupeau pleurait à chaudes larmes. Tous s'étaient appliqués sur le registre, dessinant leurs noms en grosses lettres boiteuses, sauf le marié qui avait tracé une croix, ne sachant pas écrire. Ils donnèrent chacun quatre sous pour les pauvres. Lorsque le garçon remit à Coupeau le certificat de mariage, celui-ci, le coude poussé par Gervaise, se décida à sortir encore cinq sous.

La trotte était bonne de la mairie à l'église. En chemin, les hommes prirent de la bière, maman Coupeau et Gervaise du cassis avec de l'eau. Et ils eurent à suivre une longue rue, où le soleil tombait d'aplomb, sans un filet d'ombre. Le bedeau[2] les attendait au milieu de l'église vide ; il les poussa vers une petite chapelle, en leur demandant furieusement si c'était pour se moquer de la religion qu'ils arrivaient en retard. Un prêtre vint à grandes enjambées, l'air maussade, la face pâle de faim, précédé par un clerc en surplis[3] sale qui trottinait. Il dépêcha sa messe, mangeant les phrases latines, se tournant, se baissant, élargissant les bras, en hâte, avec des regards obliques

1. goutte : maladie des articulations.

2. bedeau : assistant du curé.

3. surplis : vêtement porté par un prêtre.

sur les mariés et sur les témoins. Les mariés, devant l'autel, très embarrassés, ne sachant pas quand il fallait s'agenouiller, se lever, s'asseoir, attendaient un geste du clerc. Les témoins, pour être convenables, se tenaient debout tout le temps ; tandis que maman Coupeau, reprise par les larmes, pleurait dans le livre de messe qu'elle avait emprunté à une voisine.

Cependant, midi avait sonné, la dernière messe était dite, l'église s'emplissait du piétinement des sacristains, du vacarme des chaises remises en place. On devait préparer le maître-autel pour quelque fête, car on entendait le marteau des tapissiers clouant des tentures. Et, au fond de la chapelle perdue, dans la poussière d'un coup de balai donné par le bedeau, le prêtre à l'air maussade promenait vivement ses mains sèches sur les têtes inclinées de Gervaise et de Coupeau, et semblait les unir au milieu d'un déménagement, pendant une absence du Bon Dieu, entre deux messes sérieuses. Quand la noce eut de nouveau signé sur un registre, à la sacristie, et qu'elle se retrouva en plein soleil, sous le porche, elle resta un instant là, ahurie et essoufflée d'avoir été menée au galop.

« Voilà ! » dit Coupeau, avec un rire gêné.

Il se dandinait, il ne trouvait rien de rigolo. Pourtant, il ajouta : « Ah bien ! ça ne traîne pas. Ils vous envoient ça en quatre mouvements… C'est comme chez les dentistes : on n'a pas le temps de crier ouf ! ils marient sans douleur. »

Émile Zola, *L'Assommoir*, 1877.

Une noce chez un photographe, gravure sur bois de Charles Baude d'après une peinture de Dagnan-Bouveret exposée au salon de 1879.

Imprimé en Italie par Rotolito Lombarda
Dépôt légal : Février 2011 - Collection 63 - Edition 09
16/8686/4

Bibliographie, filmographie et discographie

Ouvrages sur le XVIIe siècle

H. Méthivier, *Le Siècle de Louis XIV*, coll. « Que sais-je », PUF, 1998.

G. Mongrédien, *La Vie quotidienne des comédiens au temps de Molière*, Hachette, 1966.

Ouvrages sur Molière

Alfred Simon, *Molière ou la vie de Jean-Baptiste Poquelin*, Le Seuil, 1995.

Ouvrages sur le théâtre

Marie-Claude Hubert, *Le Théâtre*, coll. « Les essentiels », Milan, 2001.

Autres pièces de Molière

L'Avare, coll. « Bibliocollège », Hachette, 2000.
L'École des femmes, coll. « Bibliocollège », Hachette, 2000.
Les Femmes savantes, coll. « Bibliocollège », Hachette, 2000.
Les Fourberies de Scapin, coll. « Bibliocollège », Hachette, 1999.
Le Malade imaginaire, coll. « Bibliocollège », Hachette, 1999.
Le Médecin malgré lui, coll. « Bibliocollège », Hachette, 1999.

Filmographie

Molière, Ariane Mnouchkine, 1978.
George Dandin, Roger Planchon, 1987.

Discographie

Lully – Molière, *Comédies-ballets*, les Musiciens du Louvre, Marc Minkowski, Erato, 1988.